비비언 고닉

KB165813

비평가, 저널리스트, 에세이스트. 뉴욕에서 나고 자라고 활동했다.
칼럼, 비평, 회고록 등 다양한 분야에서 정신의 삶을 건 독보적인
글쓰기를 보여주며 오랫동안 '작가들의 작가'로 불려왔다.
1970년대 여성운동을 취재하며 『빌리지보이스』의 전설적 기자로
이름을 알렸고, 당시 쓴 글은 뉴욕래디컬페미니스트 창설에
영감을 불어넣기도 했다. 『뉴욕타임스』『타임』『네이션』『보이스』
『뉴요커』등에서 발표한 특유의 일인칭 비평은 버지니아 울프의
전통을 이으면서도 거기서 더 나아가 자기서사의 고백이라는
현대적 욕구를 반영하며 비평의 새로운 장르를 개척했다는
평가를 받았다. 널리 알려진 자전적 에세이들에서 보여준
글쓰기는 이른바 회고록의 부흥을 일으킨 사건으로 조명되며
시대를 초월한 고전으로 읽히고 있다. 평생에 걸친 어머니와의
애증을 그린 『사나운 애착』(1987)은 『뉴욕타임스』'지난 50년간
최고의 회고록', 『옵서버』'20세기 100대 논픽션'에 선정되었고,
지금까지도 작가의 대표작이자 회고록 분야의 대표작으로 꼽힌다.
뉴욕 시티칼리지를 졸업해 뉴욕대에서 석사학위를 받았고,
아이오와대에서 논픽션 저술을 강의했다. 지은 책으로 『알리
마무드를 찾아서In Search of Ali Mahmoud』『아무도 지켜보지 않지만
모두가 공연을 한다』『사랑 소설의 종말The End of the Novel of
Love』『상황과 이야기The Situation and the Story』『에마 골드먼Emma
Goldman』등이 있다. 하버드대 래드클리프재단의 후원을
받았고, 여러 차례 전미비평가협회상 최종 후보에 올랐으며,
퍼스트아메리칸에세이상과 윈덤캠벨문학상을 수상했다.

옮긴이 이보람

*The Odd Woman and the City*

# 짝 없는 여자와 도시

비비언 고닉
박경선 옮김

글항아리

레너드와 미드타운의 어느 식당에서 커피를 마시는 중이다.

"그래서," 내가 먼저 운을 뗀다. "넌 요즘 사는 게 어떤데?"

"닭뼈가 목구멍에 딱 걸린 거 같지 뭐," 레너드의 답이다. "삼키지도 못하고 토해내지도 못하고 말야. 당장은 걸려 죽지나 않으려고 애쓰는 중이야."

내 친구 레너드는 재치 있고 영리한 게이로, 자기 불행에 대해서라면 조예가 깊다. 그리고 그런 조예가 그의 활력이다. 한번은 모임에서 조지 케넌*의 회고록을 같이

* '냉전의 설계자'라고도 불린 미국의 외교관, 정치학자. 냉전이 격화된 미국에서는 공포 분위기 조성의 일환으로 동성애자에 대한 탄압이 횡행했다.

읽고 만나서 이야기를 나눈 적이 있었다.

"세련되고 시적인 남자더군요," 누군가 말했다.

"노스탤지어로 충만한 냉전주의자고요," 다른 누군가 말했다.

"열정은 모자란데 야심은 넘치고, 세계 속에서 자기 자신을 끊임없이 의식하는 사람이죠," 또 다른 누군가 말했다.

"평생 나한테 모욕감을 안긴 남자죠," 레너드의 답은 이랬다.

케넌에 대한 레너드의 견해는 수정주의적 역사관― 세상을 당한 자의 시선으로 매일 새롭게 바라보도록 인이 박인 드라마―이 얼마나 짜릿한 건지를 내게 다시금 일깨웠고, 우리가 왜 친구인지를 새삼 떠올리게 했다.

손상의 정치를 공유하는 사이다, 레너드와 나는. 운명처럼 지워진 사회적 불평등 속에 내던져지듯 태어났다는 강렬한 감각이 우리 두 사람의 내면에서 활활 타오른다. 우리의 화두는 살아보지 않은 삶이다. 각자 이런 질문을 던져본다. 불평불만의 땔감으로 쓰기 딱 좋은 조건―앤 게이, 나는 짝 없는 여자*―이 우리

* 조지 기싱의 소설 『짝 없는 여자들The Odd Women』에서 차용한 표현이다.

6

삶에 마련돼 있지 않았더라면 우린 그런 불평등을 직접 만들어내기라도 했을까? 우리 우정은 이 질문에 천착한다. 기실 우리 우정에 나름의 언어와 성격을 부여하고 우리 우정을 정의내리는 것은 바로 이 질문이며, 통속적 인간관계의 수수께끼를 푸는 데 있어서도 이제껏 내가 겪어본 그 어떤 친밀함보다 이 질문에서 더 많은 실마리를 얻었다.

지금까지 20년이 넘도록 레너드와 일주일에 한 번씩 걔네 동네나 우리 동네에서 만나 산책을 하고 저녁 식사를 하고 영화를 보았다. 영화 보는 두 시간을 빼면 우리는 내내 이야기만 한다. 둘 중 한 명은 어김없이 연극표를 끊자, 공연을 예매하자, 낭독회에 가잔 얘길 하지만, 누구 하나라도 약속 시간 전에 미리 저녁 일정을 계획해둘 만한 여력이 생기는 날은 영영 오지 않는 것 같다. 실상은, 우리가 각자 살면서 나눠본 대화 중에 가장 흡족한 대화를 나누고, 우리 둘 다 그걸 단 일주일이라도 포기할 수가 없다는 것이다. 그토록 강렬하게 이끌리는 대화를 나눈다는 것, 그게 우리가 우리 자신을 느끼는 방식이니까. 언젠가 한날 두 사람이 내 사진을 찍어준 적이 있었다. 둘 다 영락없는 나였지만, 내 눈에 한쪽 사진 속 얼굴은 어쩐지 산산이 부서지고 조각조각 나뉜 느낌이었던 반면 다른 사진 속 얼굴은 온전해 보였다. 나와 레너드 사이도 마찬가지다. 그와 내가 서로에게 투사하는 자아상은 우리가 평소 머릿속에 지니고 있던 모습 그대로다. 스스로 일관되다 느낄 만한 평상시의 자아상이다.

아니, 그런데 왜 더 자주 만나지 않고 일주일에 한 번만 보느냐고 누군가는 물을지도 모르겠다. 왜 세상의 더 많은 부분을 함께 받아들이고 매일 서로 시시콜콜 잡담하며 안락함을 찾지 않느냐고 말이다. 문제는 우리 둘 다 부정적인 쪽으로 기울어 있는 사람들이라는 데 있다. 어떤 상황에서든 우린 영원히 컵에 물이 반밖에 없다고 느끼는 인간들인 것이다. 상실, 실패, 패배를 그가 드러내든 내가 드러내든 꼭 한 명은 그러고 있다. 어쩔 수가 없다. 우리도 좀 달라지고 싶지만 어쨌건 우리가 느끼는 삶이란 게 그러니까. 그리고 삶을 느끼는 방식은 결국 삶을 살아낸 방식일 수밖에 없다.

어느 날 밤엔 모임에서 친구와 의견 충돌이 있었는데, 말싸움이라면 일가견이 있기로 유명한 애였다. 처음에는 그가 도발하는 족족 가슴 졸이며 맞받아쳤지만 곧 감을 잡은 나는 물러서지 않고 오히려 그를 더 바짝 몰아세웠다. 그러자 사람들이 내 주변으로 몰려들더니 말했다. 대단했어, 대단했다고. 나는 기세등등한 표정으로 레너드를 돌아봤다. "너 초조해하더라," 그가 말했다.

언젠가 한번은, 조카랑 피렌체에 다녀왔는데, 레너드가 어땠느냐고 묻기에 말했다. "근사했어. 우리 조카도 착하고. 알지, 하루 24시간씩, 어드레나 다른 사람이랑 있다는 게 얼마나 고역인지. 근데 같이 잘 다녔어, 아르노 강변도 한참 걸었는데, 강이 참 아름답더라고." 그러자 레너드가 말했다. "진짜 안타까운 일이네. 그렇게 거추장스러워질 때까지 조카랑 있어야 했다니."

또 한번은 주말에 바닷가에 다녀온 적이 있었다. 하루는 비가 왔다가 하루는 다시 해가 났다. 이번에도 레너드가 어땠느냐고 물었다. "기분전환이 됐지"라니까 그가 말했다. "비도 네 기를 꺾진 못했구나."

내 말본새는 남에게 어떻게 들릴지 생각해본다. 판단하느라 노상 날이 서 있는 데다 결점과 결핍과 불완전함을 쉴 새 없이 헤아려대는 목소리. 그런 내 언사에 레너드는 툭하면 눈을 흘끗거리며 입을 다물어버린다.

함께 저녁 시간을 보내고 헤어질 때쯤 우리 둘 중 누군가가 평일에 다시 보자는 말을 충동적으로 건넬 때도 있지만, 그런 충동이 행동으로 옮겨질 만큼 오래

지속되는 일은 극히 드물다. 물론 잘 가라는 인사를 나눌 때까진 진심이지만―그저 당장 다시 만나고 싶은 마음뿐이지만―엘리베이터를 타고 집으로 올라가다 보면 얄궂게 비꼬는 말과 부정적인 판단으로 가득했던 저녁의 여파가 밀려드는 게 온몸에서 살갖으로 느껴지기 시작한다. 심각한 상처도 아니고 고작 살짝 긁힌 생채기― 가느다란 바늘 천 개가 팔이며 목이며 가슴을 콕콕 찔러대는 느낌―정도이지만 내 안의 어딘가, 이름조차 붙일 수 없는 한구석은 머지않아 또 그런 걸 느낄 생각에 움츠러들기 시작한다.

하루가 지난다. 그리고 또 하루. 레너드한테 전화 해야지, 다짐해보지만 몇 번이고 손을 전화기로 뻗으려다가도 그만두고 만다. 물론 레너드도 똑같은 심정이겠지, 전화가 안 오는 걸 보면. 행동이 되지 못한 충동은 차곡차곡 쌓여 신경을 망가트리고, 망가진 신경은 굳어져 권태가 된다. 복잡한 감정과 망가진 신경, 그리고 마비된 의지까지 한 바퀴를 다 돌고 나면, 그제야 만나고 싶은 마음이 다시 초조하게 올라오고 전화기를 향해 뻗는 손은 마침내 동작을 완료한다. 레너드와 내가 서로를 절친이라 생각하는 건 이런 주기가 일주일이면 돌아오기 때문이다.

＊

어제는 우리 블록 *끄트머리*에 있는 슈퍼마켓을 나서다 얼핏 곁눈으로 가게 앞에서 노상 한자리를 차지하고 있는 걸인을 봤다. 왜소한 백인 남자로, 얼굴은 실핏줄이 다 터져서는 늘 한 손을 앞으로 내밀고 있다. "먹을 게 필요해, 먹을 거면 된다고. 나눠줄 게 있으면 뭐든, 먹을 것 좀 줘요." 언제나처럼 징얼대는 소리다. 그 옆을 지나치는데 바로 내 등 뒤에서 어떤 목소리가 들렸다. "이봐, 형씨. 먹을 걸 달라고? 자, 먹을 거." 돌아보니 작달막한 흑인 남자가 냉랭한 눈빛으로 그 걸인 앞에 서서 피자 한 조각을 들이밀고 있었다. 그러자 걸인이 구슬리듯 말했다. "에이, 아저씨, 뭔 말인지 알면서……." 남자의 목소리가 눈빛과 함께 싸늘하게 식는다. "먹을 게 필요하다며. 먹을 거 여기 있다고." 그가 다시 말했다. "당신 먹으라고 사 왔잖아. 먹으라고요!" 걸인은 움츠러든 기색이 역력했다. 앞에 서 있던 남자는 돌아서더니 역겨워 못 견디겠다는 듯 들고 있던 피자를 쓰레기통에 던져 넣었다.

우리 건물에 들어서다 말고 발걸음을 멈춰 경비원 호세에게 좀 전에 벌어진 일을 얘기하지 않을 수 없었다. 입이 근질거려 아무라도 붙잡고 말을 않고는 못 배길

참이었으니까. 내 얘길 들은 호세는 눈이 휘둥그레지며 말했다. "오, 고닉 씨, 저 그거 뭔지 알아요. 딱 똑같은 일 때문에 아버지한테 뺨 맞은 적이 있죠." 이번엔 내 눈이 휘둥그레졌다. "아버지랑 같이 야구장엘 갔는데 웬 부랑자가 먹을 걸 달라더군요. 그래서 제가 핫도그 하날 사서 건넸어요. 그랬더니 아버지가 제 뺨을 갈기는 겁니다. 그러고는 이러시는 거예요, '뭘 하려거든 제대로 해라. 음료수 한 잔 없이 핫도그 사주는 거 아니다!'"

\*

1938년, 세상을 떠나기 몇 달 전 토머스 울프는 맥스웰 퍼킨스에게 이런 글을 남겼다.\* "문득 이런 '직감'이 들었는데 꼭 알려드리고 싶어 글을 씁니다. (…) 저는 늘 당신을 생각할 테고 우리가 배에서 만났던 3년 전 7월 4일처럼 당신을 느낄 겁니다. 그날 당신과 수상 카페로 가서 한잔하고 고층 빌딩 꼭대기에 올라갔죠. 저 아래로는 인생과 도시의 온갖 기이함과 찬란함과 강렬함이

\* 울프는 소설가, 퍼킨스는 울프를 비롯해 피츠제럴드, 헤밍웨이 등을 발굴한 출판 편집자로, 두 사람의 이야기는 영화 「지니어스」로 제작되기도 했다.

펼쳐졌고요."

물론, 여기서 말한 도시란 월터 휘트먼과 하트 크레인의
도시 뉴욕으로, 마치 세속판 수태고지*처럼 세계의 수도에
젊은 천재가 등장한다는 창조 신화에 어울리는 우화적
맥락의 도시다. 그 젊은 천재를, 그가 홀로 다리를 건너고
거리를 활보하고 가장 높은 빌딩 꼭대기에 올라서기를,
거기서 마침내 스스로도 알아차릴 수밖에 없는 영웅적
인물로 인정받기를 기다리는 도시.

나의 도시는 전혀 아니다. 나의 도시는 우울한
영국인들—디킨스, 기싱, 존슨, 이 중에서도 특히
존슨—의 도시로, 우린 누구 하나 어디로도 가지 못
한 채 이미 거기에 있다. 거기서 우리는 낯선 이의 눈에
되비치는 자아를 찾아 이 사납고 기묘한 거리를 떠도는
영원한 밑바닥 인생이다.

1740년대에 새뮤얼 존슨은 만성 우울을 떨쳐보려고
런던 거리를 거닐었다. 존슨이 걸었던 런던은 역병의
도시였다. 오수가 흘러넘치고, 질병과 빈곤이 창궐했고,
결핍이 만연했으며, 연기를 내뿜는 횃불들로 흰했고,
사내들은 한밤중에 인적 드문 골목에서 서로의 목을

* 천사 가브리엘이 마리아에게 성령에 의한 예수 잉태를 알린 일.

그었다. 존슨이 "런던이 지겹다면 삶이 지겨운 것이다"라고 쓴 건 바로 이런 도시에 관한 이야기였다.

존슨에게 런던이라는 도시는 늘 심연의 바닥을 차고 올라올 수단이자, 그를 괴롭히는 마음 깊은 곳의 불편함과 거대한 불안을 받아내는 장소였다. 존슨을 침울한 고립으로부터 끄집어내 다시 인간 군상과 조우하게 하고, 타고난 내면의 너그러움을 되살려내고, 그만의 지성에 또 한 번 불을 지펴준 건 바로 그 거리였다. 거리에 나서면 존슨은 끈질기게 관찰을 이어갔고, 거기서 자기만의 지혜를 찾았다. 늦은 밤 어슬렁거리며 술집으로 향해선 거기서 만난 말동무가 되비추는 자신의 욕망을 응시하며 안도했다. 동이 터올 때까지 술을 마시며 인간과 신을 논하던 그들 중에 집에 가고 싶어하는 이는 아무도 없었으니까.

존슨은 시골살이를 질색하고 두려워했다. 그 폐쇄적이고도 적막한 거리는 그를 절망 속으로 몰아넣었다. 시골에는 자기를 되비춰주는 존재가 없었다. 그 쓸쓸함은 견딜 수 없는 게 되어갔다. 도시의 의미는 쓸쓸함을 견딜 만한 것으로 만들어준다는 데 있었다.

\*

늘 뉴욕에서 살았으면서도 나는 마치 큰 도시에 가보는 게 소원인 소도시 주민처럼 살면서 꽤 긴 시간 동안 뉴욕을 그리워했다. 브롱크스에서 자란다는 건 시골에서 자라는 것이나 다름없었다. 사춘기에 막 접어들었을 무렵부터 세상엔 중심이라는 것이 있으며 나는 그로부터 한참 멀리 떨어져 있다는 걸 알았다. 동시에 그 중심이 지하철 한 번 타면 갈 수 있는 맨해튼 시내라는 것도 알았다. 맨해튼이 곧 애러비였다.\*

열네 살부터 지하철을 타기 시작했다. 늦겨울에도, 한여름에도, 그 섬을 종횡무진 돌아다녔다. 똑같이 돌아다니는 부류여도 캔자스에서 온 사람과 내게 딱 하나 다른 점이 있다면, 그는 훌쩍 멀리 떠나온 이주자로서 처음이자 마지막일 고독한 여정에 나선 것인 반면, 나는 그 도시를 수시로 드나들면서도 늘 안락함과 안도감, 단조로움과 게으름을 맛볼 수 있는 집에 수시로 들락거리며 언젠가 만날 절호의 기회를 호시탐탐 노리고

---

\* 제임스 조이스의 단편소설 「애러비Araby」는 더블린에서 열리는 가상의 시장 '애러비'를 배경으로 하는데, 이곳은 첫사랑에 대한 환상과 환멸 등을 상징한다.

있었다는 것이다. 브로드웨이 밑으로 내려갔다가, 렉싱턴가 위로도 가고, 57번가를 가로지르다 이 강변에서 저 강변으로, 그리니치빌리지와 첼시, 로어이스트사이드를 지나 월스트리트까지 내려갔다 컬럼비아대학으로 올라갔다. 나는 몇 년이고 흥분과 기대에 차서 이 거리들을 쏘다니다 밤이면 브롱크스의 집으로 돌아가 인생이 시작되기를 기다렸다.

내가 본 웨스트사이드는 예술가와 지식인이 득실대는 공동주택이 기다란 직사각형처럼 모여 있는 곳으로, 그런 풍요가 맞은편 이스트사이드에는 돈과 사회적 지위로 비춰지며 이 도시를 화려하고도 고통스러우리만치 짜릿한 곳으로 만들었다. 나는 거기서 세상의 맛을, 진짜 세상의 맛을 알았다. 내가 할 일은 오직 얼른 나이를 먹는 것, 그러면 뉴욕은 내 세상이 될 참이었다.

어린 시절 나는 친구들과 동네 거리를 어슬렁거리곤 했는데, 한 살씩 나이를 먹어가면서 한 구역씩 차근차근 범위를 넓혀가다 마침내 내륙 탐험에라도 나선 소녀들처럼 브롱크스를 가로질러 다니기에 이르렀다. 시골에서 자라는 아이들이 강과 들판, 산과 동굴을 이용하는 방식으로 우리는 거리를 이용했다. 그렇게 우리만의 세계지도에서 우리 위치를 짚어나갔다. 우리는 걷고 또 걸었다. 열두 살쯤 되었을 땐 우리에게 다가오는 누군가의 겉모습이나 말씨에서 조금이라도 이상한 낌새가 보이면 이를 곧바로 알아차렸다. 웬 남자가 다가와서 "거기 여자애들? 너희 이 근처 살아?" 말을 붙이면, 우린 알았다. 어떤 여자가 쇼핑가 쪽으로는 절대 발을 들이지 않으려 할 때도 우린 알았다. 더구나 그런 걸 알아차리는 일 자체가 짜릿하다는 것도 알았다. 뭔가 이상한 일이 일어나면—그리고 별 힘 안 들고 그 이상한 걸 알아차려서 우리 딴에 분명히 감이 잡히면—우리는 그 일을 몇 시간이고 분석했다.

맨해튼 북부 거리로 나를 처음 데려간 건 고등학교 친구였다. 거기엔 수많은 언어와 시선을 사로잡는 특이한 외모들—턱수염을 기른 남자들과 검은 옷에 은 장신구로 치장한 여자들—이 있었다. 거기서 볼 수 있는 이들은 노동자 계급이 아니었는데, 그럼 대체 무슨 계급이었을까? 그런가 하면 거리엔 노점상도 있었다! 브롱크스에선 과일 채소를 파는 남자 혼자 "아가씨들! 싱싱한 토마토가 왔어요!" 외치곤 했는데, 여기 맨해튼에선 사람들이 인도에서 시계며, 라디오며, 책이며, 장신구를 팔고 있었다. 요란하고 끈덕진 목소리로. 그뿐인가, 그러다 행인들과 시비가 붙기도 했다. "그 시계 얼마나 가려나? 내가 이 블록 다 건널 때까진 가려나?" "이 책 쓴 작자를 내가 아는데, 1달러도 아까운 책이지." "어디서 난 라디온데요?
아침에 경찰이 우리 집에 들이닥치는 건 아닌가 몰라?"
어찌나 시끌벅적 활기가 넘치던지! 생판 모르는 사람들이
담소를 나누고 서로 웃기기도 하고 고함을 질러대는가
하면, 기분이 좋아져 얼굴이 자글자글해지도록 웃거나
화가 나서 얼굴이 벌게지기도 한다. 우리를 그토록
사로잡았던 것은 사방에 넘쳐나는 그 대담한 몸짓과
표정이었다. 세련되게 수작을 부리고, 수완 좋게
거래를 하며, 그렇게 상대에게서나 자기 자신에게서나
재기발랄하고 생생한 반응을 끌어내던 사람들.

　대학에 가니 또 한 친구가 나를 웨스트엔드애비뉴에
데리고 다녔다. 그렇게 광활하고 장중한 거리는 생전
본 적이 없었다. 2.4킬로미터는 되는 그 거리를 따라
늘어선 위풍당당한 높은 건물들 앞에 경비원들이 서
있었다. 친구는 내게 이 근사한 석조 건물들에 음악가와
작가, 과학자와 망명자, 무용가와 철학자가 산다고
했다. 그 이후로 107번가부터 72번가까지 이어지는
웨스트엔드애비뉴를 걷지 않고는 시내 나들이를 끝낼 수
없게 되었다. 그 거리는 내게 일종의 상징이 되었다. 이곳에
산다는 건 결국 여기에 당도했다는 뜻일 거라고 생각했다.
거기 사는 예술가나 지식인이 되겠다는 건지, 아니면 그런

남자와 결혼을 한다는 건지에 대해서는 좀 헷갈렸지만—임대계약서에 서명하는 내 모습은 사실 상상이 잘 안됐으니까—어느 쪽이든 상관없었다. 나는 그 아파트에있을 테니까.

여름이면 우리는 루이슨스타디움*에서 열리는연주회에 갔다. 뉴욕시립대학 캠퍼스에 있는 대규모원형 극장이었는데, 나는 모차르트와 베토벤과 브람스를바로 이곳에서 처음 들었다. 그런 연주회가 1960년대중반부턴 사라졌지만, 1950년대 후반까지만 해도 해마다칠팔월이면 돌로 된 야외 관람석에 앉아 시간을 보내며알았다. 그냥 알 수 있었다. 내 주변의 이 여자 남자들이웨스트엔드애비뉴에 사는 사람들이라는 사실을. 별이빛나는 아늑한 밤에 어룽거리는 조명 아래 오케스트라가악기를 조율하기 시작하면 나는 그 지적인 청중이 일제히하나 되어 음악을 향해, 그 음악 속에 빠져든 그들 자신을향해 가만히 기우는 것을 느낄 수 있었다. 연주회는 마치야외로까지 외연을 확장한 삶의 맥락 같았다. 그럴 때면나도 짐짓 바랐던 지적인 모습으로 몸을 숙여보았지만,그게 그들의 움직임을 그저 흉내 낸 몸짓일 뿐이란

* 고닉이 졸업한 후인 1973년 노스아카데믹센터 건립을 위해 철거되었고지금은 센터 앞에 루이슨 광장만 남아 있다.

것도 알았다. 아직 그들이 하는 식으로 음악을 사랑할 권리까지는 손에 넣지 못한 상태였다. 그로부터 몇 년도 지나지 않아 내가 그렇게 될 날은 영영 오지 않으리라는 걸 깨닫기 시작했다.

가면 갈수록 사회 변두리로 향하는 내 자신을 발견할 때, 이 응어리진 쓰린 가슴을 달래주는 건 오직 도시를 가로지르는 산책뿐이었다. 사람들이 계속 인간으로 남기 위해 몸부림치는 반백 가지 방식, 변화무쌍하고도 기발한 그 생존 기법들을 거리에서 보다 보면 팽팽했던 무언가가 느슨해지고 넘칠 듯 찰랑대던 게 빠져 내려가는 기분이 들었다. 온 신경종말에서 일제히 날을 세우던 거부감이 슬며시 가라앉는 걸 느꼈다. 그리고 그 거부감은 나의 동행이 되었다. 북적대는 거리에서만큼 혼자인 적은 없었다. 이 거리에서, 내 자신을 상상할 수 있다는 걸 깨달았다. 이 거리에서, 시간을 벌고 있다는 생각이 들었다. 시간을 번다니, 이 얼마나 대단한 관념인가. 그건 내가 오랜 세월 레너드와 공유해온 것이기도 했다.

어른이 되어 나는 시내로 이사를 왔지만 아니나 다를까, 예상대로 흘러가는 건 아무것도 없었다. 대학에 갔지만 학위가 미드타운의 직장을 구해주지는 못했다. 예술가와 결혼했지만 우리는 로어이스트사이드에 살았다. 글을 쓰기

시작했지만 14번가* 윗동네에서 내 글을 읽는 사람은
아무도 없었다. 일류 회사의 문 따위는 열리지 않았고,
휘황찬란한 세상도 내내 멀기만 했다.

*

친구들 사이에서 나는 뭔가를 소유하는 데 무관심한
인간으로 통한다. 원하는 게 아무것도 없는 사람 같다고들
웃는다. 나는 뭐든 이름도 잘 모르겠고 가짜와 진짜,
고급스러운 것과 평범한 것도 한눈에 알아차리지 못한다.
내가 고상한 사람이라 그런 것에 무관심하다기보다는
그 모든 게 나를 극도의 혼란 속으로 몰아넣기 때문이다.
색감, 질감, 풍요—화려함, 재미, 유쾌함—에 대한 촌뜨기
같은 불편감은 내 불안의 근원이다. 내가 평생 넉넉함과는
거리가 먼 삶을 살아온 건 '물건'이 나를 불안하고
초조하게 만들기 때문이다.

레너드는 나와 정반대로 살아온 듯하지만, 솔직히 나는
그런 삶의 방식이 거울상이나 마찬가지라고 생각한다.
일본 전통 문양, 인도산 러그, 벨벳을 두른 18세기 가구로

* 로어맨해튼과 미드타운의 경계로 여겨지는 길로, 웨스트엔드애비뉴는
14번가에서 한참 위에 있다.

가득한 그의 집은 마치 그가 큐레이션한 박물관 전시실 같다. 레너드가 나와는 비교도 안 되는 절박한 마음으로 물리적 환경을 채워 넣고 있다는 걸 어쩐지 알 것만 같다. 그렇게까지 해도 내가 우리 집에서 느끼는 고만큼의 편안함조차 그에게는 허락되지 않았다. 그도 나처럼 발밑에 단단히 디디고 선 느낌을 바라는 사람인데.

*

대학 졸업 후 내게 뉴욕은 곧 맨해튼과 동의어가 됐지만, 나처럼 브롱크스에서 성장기를 보낸 레너드에게 뉴욕은 여전히 그냥 동네였다. 내가 레너드를 처음 알게 된 무렵부터, 그러니까 지금까지 30년이 넘도록 그는 내가 가본 적 없는 거리를 걸어 브루클린, 퀸스, 스태튼아일랜드로 향했다. 그는 서니사이드, 그린포인트, 레드훅, 워싱턴하이츠와 이스트할렘, 사우스브롱크스를 알았다. 퀸스 쇼핑가의 상점들 상반이 나무판자로 막혀 있는 광경이라든가 브루클린 수변 공간의 복구 소식, 어지럽게 널린 듯 보이는 꽃으로 가득한 할렘의 정원 부지, 서드월드 쇼핑몰로 바뀐 이스트리버의 창고 따위가 무슨 의미인지도 알았다. 어떤 주택 공급 계획이 효과가 있고,

어떤 게 폐허를 만드는지도 알았다. 단지 거리만 아는 게
아니었다. 그는 부두, 철도 기지, 지하철 노선도 줄줄이
꿰고 있었다. 센트럴파크와 프로스펙트파크도 훤했다.
이스트리버 위를 가로지르는 보행자 전용 다리며, 페리,
터널, 순환도로도 그의 손바닥 안이었다. 스너그하버와
시티아일랜드, 저메이카베이도.

　　레너드를 보면 종종 제2차 세계대전 후 이탈리아
영화에 나오는 주인공 부랑아가 떠오르곤 했다. 로마라는
도시를 속속들이 아는 것으로 그곳에 족적을 남기는,
로베르토 로셀리니 영화에 나오는 누더기 걸친 잘생긴
녀석들 말이다. 둘이서 이 구역 저 구역을 한참 가로질러
누비고 다닐 때면 내 눈에 레너드는 늘 그렇게 보였다.
노동자 계급 애들이나 가질 법한 허기로, 디디고 선 땅을
자기 것으로 만들어주는 정보를 갈구했다. 레너드가
그렇게 안내자가 되어주면 동네는 사방으로 끝없이
펼쳐졌고, 문외한인 내 눈에 그저 황무지 같기만 하던
그곳을 어느 순간 나도 마침내 레너드와 같은 시선으로
바라보게 됐다. 가늠할 길 없던 게토의 바다가 직사각형
모양을 한 화려함과 부유함에 끝 모를 새 숨결을 불어넣고
있었다.

　　이런 여정에선 걸으면 걸을수록 시공간의 성격이

자꾸만 바뀌었고 '시간'이란 개념도 증발해버렸다. 거리는 기다란 리본처럼 한없이 펼쳐졌고 우리 앞을 가로막는 건 아무것도 없었다. 시간은 자꾸만 확장되어 어린 시절에 그랬듯 영원히 끝나지 않을 것만 같았다. 언제나 빠듯하고 언제나 촉박한, 정서적 안정을 위한 덧없는 척도일 뿐인 지금의 시간과는 달리.

\*

신년회 자리에서 짐이 나를 보고 달려온다. 세라는 목례를 하고는 가버린다. 한 해 전에 나는 만나는 사람이 있었고 두 해 전에는 다른 사람을 만났었다. 그러고 보니 오늘 밤 짐을 보는 건 석 달 만이고 세라를 보는 건 여섯 달 만이다. 세 블록 떨어진 곳에 사는 여자가 나타나더니 눈을 반짝이며 인사한다. "보고 싶었어요!" 전쟁 통에 억지로 헤어진 연인이라도 되는 듯 애타는 숨소리다. 저도요, 나는 고개를 끄덕한 뒤 자리를 옮긴다. 우리는 기분 좋게 포옹한다. 나도 그렇고 여기 있는 모두가 마찬가지다. 누구 하나 언짢은 기색을 비치지도 남 탓하는 말 따위를 내뱉지도 않는다. 사실, 그럴 이유도 없다. 흔들어놓은 만화경 속 조각들처럼 다정한 대화라는 패턴

속에서 서로의 입장이 되어볼 뿐이다. 우리 가운데는 얼마 전까지만 해도 때 되면 만나던 사이가 많은데, 요즘은 대부분 약속을 따로 잡기보다는 오가다 마주칠 때가 더 많은 편이다. 식당에서, 버스에서, 천장 높은 결혼식장에서. 아, 그러고 보니 여기 몇 년이나 못 본 사람이 있었네. 불현듯 이렇게 불이 붙어 그 뒤로 반년간 매주 만나게 되기도 하고.

나는 어린 시절 살았던 공동주택 이웃들의 우정, 그저 모든 게 상황에 좌우되던 그 관계들을 자주 떠올린다. 필요한 순간마다 말없이 알아주는 마음으로 가득했던 검고 동그란 눈의 여자들. 돈 10달러 꾸거나 임신중절해줄 곳을 소개받거나 결혼생활에 대한 울분을 토로하면 고개를 끄덕거려줄 사람이 필요할 때, 옆집 여자 이름이 아이다든 골디든 그게 뭐 그리 중요했을까? 이웃이 있으면 됐지. 아마도 사르트르라면 이런 애착은 본질적이라기보다는 우연적이라 했겠지만.

지금의 우리는 어떤가. 대체 불가능한—본질적인— 자아라는 개념에 교육까지 받은 고도의 지성을 이토록 쏟아부은 적은 역사상 없었다. 심리적으로 조금이라도 불편한 건 절대 참아줄 수 없다는 이유로 그토록 많은 사람이 우연적 타자 취급을 받은 적도 역사상 없었다.

*

　우정을 나눌 때 겪는 갖은 난관이 자기 자신과 화해할 수 없음에서 비롯된다는 걸 잘 알고 있었던 3세기 로마 작가 카이우스는 이렇게 썼다. "자기 자신과 친구가 되지 못한 사람은 어떤 타인에게도 우정을 기대할 권리가 없다. 자기 자신과 친구가 되는 것, 이것이야말로 인간의 으뜸가는 의무다. 그런데 자기 자신에게 적대적일 뿐 아니라 자기를 섬기는 타인의 가장 선한 마음조차 꺾어버리고 '세상에 친구 따윈 없다!'며 다 들으라는 듯 큰 소리로 불평까지 하는 사람이 너무 많다."

*

　새뮤얼 테일러 콜리지가 금과옥조로 삼았던 우정의 정의는 아리스토텔레스 때부터 내려왔을 이상을 구현한 것이었다. 감수성 충만한 이들이 영혼의 교감을 갈구하던 시대에 살았던 콜리지는 우정 속에서 그 이상을 실현해보려는 시도가 번번이 실패로 돌아가자 괴로워했다. 그러나 그런 고통도 그의 믿음을 꺾지는 못했다. 다른 모든 것을 규정하던 우정을 잃었을 때조차.

콜리지가 스물셋, 윌리엄 워즈워스가 스물다섯이던 1795년 두 사람은 처음 만났다. 비쩍 마른 몸에 근엄하고 방어적인 성격이었던 워즈워스는 그때부터 이미 자신이 시인으로서 대성하리라는 나름의 확신으로 늘 의연했다. 반면 명민했지만 불같은 성미에 끊임없는 자기의심으로 불안정한 사람이었던 콜리지는 벌써부터 아편에 손을 댄 상태였다. 둘은 글렀단 걸 본인들만 모를 뿐 누구라도 일찌감치 알아챌 수 있었다. 그러나 1795년은 새로운 세계, 새로운 시, 새로운 존재 방식이 형성되어가던 때였고, 각자의 내면에서 꿈틀거리는 새로움을 감지했던 워즈워스와 콜리지는 서로의 모습을 비춰보며 그 증거를 발견했다.

서로에게 심취한 두 사람의 관계는 1년 반 남짓 지속됐다. 이후 콜리지는 증폭된 혼란에 내면을 잠식당한 반면, 워즈워스의 내면에는 자부심이 거의 확고하게 자리 잡으면서, 두 사람이 서로에게 몰두하던 시간도 끝이 났다. 2년 가까이 유지돼온 각자의 모습, 서로에게서 온전한 기쁨을 만끽하던 두 사람은 이제 사라지고 없었다. 그렇다고 서로를 알기 전의 상태로 돌아간 것도 아니었다. 서로의 존재 속에서 자기 최선의 자아를 느끼는 게 더는 불가능해졌을 뿐이다.

자기 최선의 자아. 이는 몇백 년간 우정의 본질을 정의할 때면 반드시 전제되는 핵심 개념이었다. 친구란 자기 내면의 선량함에 말을 건네는 선량한 존재라는 것. 치유의 문화에서 자란 아이들에게 이런 개념은 얼마나 낯선가! 오늘날 우리는 서로 최선의 자아를 긍정하기는커녕 그것을 보려고도 하지 않는다. 우정이라는 결속을 만들어내는 것은 오히려 우리 자신의 감정적 무능―공포, 분노, 치욕―을 인정하는 솔직함이다. 함께 있을 때 자신의 가장 깊숙한 부끄러움까지 터놓고 직시하는 일만큼 우리를 가까워지게 만들어주는 것도 없다. 콜리지와 워즈워스가 두려워했던 그런 식의 자기폭로를 오늘날 우리는 아주 좋아한다. 우리가 원하는 건 상대에게 **알려졌다**는 느낌이다, 결점까지도 전부. 그러니까 결점은 많을수록 좋다. 내가 털어놓는 것이 곧 나 자신이라는 생각, 그것은 우리 문화의 대단한 착각이다.

*

매일 밤 잠자리에 들기 전, 16층 우리 집 거실 불을 끌 때마다 나는 충격에 가까운 쾌감이 밀려드는 걸 느낀다. 하늘로 솟구치듯 불을 밝힌 창들이 줄지어 내

주위를 에워싼 모습을 바라보노라면 익명으로 집결한
도시 거주자들에게 폭 안긴 느낌이 든달까. 우주에 닻을
내린 것이기도 한, 벌집 같은 인간 군집은 이름 없는 보통
사람들을 연결해주는 뉴욕 특유의 디자인이다. 거기서
오는 만족감이 그 어떤 구실보다 더 위안이 된다.

*

전화벨이 울린다. 레너드다.

"뭐해?" 그가 묻는다.

"크리스타 K를 읽고 있어." 내가 답한다.

"그게 누군데?" 그가 다시 묻는다.

"누구냐니! 동유럽에서 몇 손가락 안에 드는 유명한
작가라고." 내가 대꾸한다.

"아," 그는 시큰둥하게 뱉더니 다시 묻는다. "어떤
책인데?"

"약간 폐소공포 같달까." 나는 한숨을 내쉬곤 이야기를
계속한다. "도대체 어디인지, 화자가 누구인지 계속 모르는
거야. 그러면서 스무 페이지쯤 넘길 때마다 여자가 그래.
'오늘 아침엔 G를 마주쳤다. 우리가 언제까지 이럴 수
있겠냐고 물었다. 그가 어깨를 으쓱했다. 알겠어, 내가

말했다.'"

"오호, 그런 종류군. 뻐언한 거." 레너드는 답한다.

"있잖아, 넌 블레셋 사람*처럼 들릴까 하는 걱정 같은
건 안 하니?" 내가 말한다.

"블레셋 사람들이 그렇게 악한 사람들은 아니었잖아."
레너드는 그렇게 말하고는 묻는다. "너 최근에 로렌조 본
적 있어?"

"아니, 왜?"

"술 다시 먹는대."

"세상에! 이제 또 뭐가 문제래?"

"이제 뭐가 문제냐고? 이제라고 뭐가 멀쩡하겠어?
로렌조가 언제 멀쩡한 구석이 있었나?"

"만나서 얘기 좀 해보면 안 돼? 넌 걔 잘 알잖아."

"얘기하지. 나랑 얘기할 땐 걔도 같이 고개를 끄덕거려.
그래, 나도 알아, 네 말이 맞아, 이제 정신 좀 차려야겠어,
이런 얘기 해줘서 진짜 고마워, 너무 고맙다, 난 왜 다
망쳐놓는지 모르겠어, 아 모르겠다, 그런다니까."

"대체 왜 망쳐놓는 건데?"

"왜냐고? 그야 망쳐놓지 않으면 자기가 누군지를

* 고대 팔레스타인 민족으로, 기원전 13세기 말 에게해에서 팔레스타인
서쪽 해안으로 침입해 이스라엘인을 압박했다. (고닉은 유대인이다.)

모르겠으니까 그러지."

레너드의 목소리가 격앙됐다.

"안 믿길 정도라니까," 그는 장담한다. "걔 머릿속
뒤죽박죽한 거 말야. 내가 그래. 원하는 게 뭐야? 네가
원하는 게 대체 뭔데?"

"말해봐." 내가 끼어들었다. "그러는 넌 뭘 원하는데?"

"그래, 너 잘났다." 레너드는 메마르게 웃는다.

팽팽한 침묵 속에 영겁 같은 몇 초가 흐른다.

"살면서 말이지," 그가 말한다. "난 내가 뭘 안
원하는지밖에 몰랐어. 늘 옆구리를 찌르는 가시 하나가
있거든, 그래서 항상 생각을 해, 이 가시만 빠지면 나도
내가 뭘 원하는지 생각을 해보겠다고. 한데 막상 그
가시가 빠지고 나면 또 텅 빈 기분이 되더라고. 그러다
금세 또 새로운 가시가 옆구리를 파고들지. 그러면 또다시
그 가시에서 벗어날 생각밖에 할 수가 없는 거야. 도무지
내가 뭘 원하는지 생각할 시간이 없어."

"로렌조가 술 마시는 이유에 대한 단서가 어쩌면 거기
있겠네."

"넌더리 나," 레너드가 나지막이 내뱉는다. "이 나이를
먹고도 이렇게나 정보가 없다니 말야. 그래, 이런
이야기라면 크리스타 K가 쓸 만한 게 있겠지, 나도 흥미를

느낄 만한 게. 근데 그 작가가 정보라는 건 KGB나 캐고
다니던 거라고 생각한다는 게 문제야."

*

약국에서 아흔 살인 베라를 우연히 만난다.
엘리베이터 없는 인근 4층짜리 건물에 살고 오래전부터
트로츠키주의자로 늘 가두연설이라도 하듯 절박하게
목소리를 드높이는 사람이다. 베라는 조제 중인 처방약을
기다리고 있었는데, 오랜만에 만난 터라 나는 충동적으로
같이 기다려주겠다고 했다. 조제대 옆에 줄지어 놓인 의자
세 개 가운데 두 개를 우리가 차지하고 앉았다. 가운데
자리에 나, 내 왼편에 베라, 그리고 오른편에선 상냥한
인상의 남자가 책을 읽고 있다.

"아직도 거기 사세요?" 내가 묻는다.

"내가 어딜 가겠어?" 베라가 워낙 큰 소리로 말하는
바람에 계산대 쪽에 줄 서 있던 남자가 우리 쪽을
돌아본다. "그래도 자기, 알지? 그 계단 덕분에 내가
튼튼하잖아."

"남편분은요? 어떻게 계단으로 다니세요?"

"아, 그이. 그 사람은 죽었지." 베라가 말한다.

"유감이네요." 내가 웅얼거린다.

베라가 손사래를 친다.

"괜찮은 결혼생활도 아니었어." 단언하는 조로 말한다. 같이 줄 서 있던 세 명이 일제히 돌아본다. "근데 있잖아? 마지막엔 다 상관없더라고."

나는 고개를 끄덕인다. 알 것 같아서. 집이 텅 비었겠지.

베라가 말을 이어간다. "하나만 말해줄게. 남편으로는 영 아니었지만, 연인으로는 훌륭한 남자였지."

순간 내 옆에 앉아 있던 남자의 몸이 약간 움찔하는 게 느껴진다.

"맞아요, 그거 중요하죠." 내가 말한다.

"휴, 정말 그렇다니까! 디트로이트에서 제2차 세계대전 때 그 사람을 만났거든. 그땐 다들 마음이 급했어. 아무하고나 잤지. 나도 그랬고. 근데 자긴 못 믿겠지만……" 그러더니 베라는 무언가 중요한 비밀 이야기라도 하려는 듯 갑자기 목소리를 낮추더니 덧붙인다. "내가 잔 그 사내들 있지? 하나같이 침대에선 별로였어. 꽝이었다고, 아주 **형편없었지**."

이제 내 오른쪽에 앉아 있던 남자가 웃음을 억지로 참고 있는 게 느껴진다.

"그래서 괜찮은 분을 발견하니까ㅡ 순간 베라가 어깨를

으쓱한다 ─그분을 꼭 붙드신 거군요."

내가 계속 말한다. "무슨 말씀인지 딱 알겠네요."

"알겠어, 자기도?"

"그럼요, 너무 알죠."

"아직도 남자들이 다 꽝이란 소리야?"

"들리시죠." 내가 말한다. "늙은 여자 둘이서 별 볼 일 없는 애인들 얘기나 하고 있네요."

옆자리의 그 남자가 이번엔 큰 소리로 웃는다. 나는 고개를 돌려 그를 한참 지그시 바라본다.

"아무래도 우리가 같은 남자들이랑 자고 있나 봐요, 그렇죠?" 내 말에 그가 고개를 끄덕이며 그런 것 같네요, 한다. "만족도도 거기서 거긴 것 같고 말이죠."

순간 우리 셋은 서로 눈을 마주치고, 곧 한꺼번에 깔깔 웃어젖힌다. 웃음이 멈추자 다 같이 빙그레 미소를 짓는다. 수행은 다 같이 했고 수용은 각자가 했다.

*

내가 어떤 사람인지 알고 가장 놀라는 건 다름 아닌 나 자신이다. 가령, 사랑 이야기를 해보자. 이 방면에서라면 나는 늘 내가 우리 세대에서 흔히 볼 수 있는 여자애라고 생각했다. 엄마가 된다는 것이나 결혼에 관심을 둔 적은 단 한 번도 없었고 혁명의 바리케이드에 올라선 모습이나 떠올려본다는 게 학우들 사이에서 특이한 일이긴 했지만, 언젠가는 날 열렬히 사랑해주는 왕자가 눈앞에 나타날 거고, 인생은 그제야 비로소 궁극의 형태를 띠게 될 거라고 알고 계속 살았다. 여기서 핵심은 '궁극'이다. 하필 그때 그런 왕자 비슷한 남자가 많이 나타나긴 했지만, 궁극적인 것은 아무것도 없었다. 나는 친구들 못지않게 잠자리도 많이 해봤고 서른다섯이 되기 전에 결혼도 두 번, 이혼도 두 번 해봤다. 결혼은 2년 반씩 지속됐는데, 두 번 다 나도 모르는 어떤 여자(나)가 매한가지로 모르는 어떤 남자(웨딩케이크 위의 신랑 장식)에게 일임해버린 것이나 다름없는 결혼이었다.

내가 막상 성적으로 무르익은 건 이 결혼들이 다 끝장난 뒤였다. 그러니까 내 말은, 욕망의 대상이 되기보다 욕망의 주체가 되는 데 골몰하는 사람이란 걸 자각하게 됐다는 얘기다. 그리고 바로 이런 전개에서 배운 점이 있었다. 나는 성욕이 강한 사람이지만 성욕이 제일 중요한 사람은 아니며, 오르가슴으로 천국을 맛보기는 했어도 지구가 흔들리지는 않았고, 반년 남짓 진이 빠지도록 성적 쾌락에 탐닉할 수는 있어도 늘 그 말초적 자극이 가라앉기를

기다리는 중이었음을 깨달은 것이다. 한마디로, 사랑을
나누는 일은 숭고했지만 거긴 내 거처가 아니었다. 그 뒤로
나는 더 많은 걸 깨달았다.

　삼십대 후반에 나는 한 남자와 서로를 끔찍이 아끼는
사랑을 나눴다. 이 남자와 나는 둘 다 서로에게서
느껴지는 마음과 영혼의 에너지에 이끌렸다. 하지만
그 역시—지적이고, 배운 사람이고, 정치 참여에
활발했음에도—여자와 맺는 모든 관계에서 성적인
의도를 실행에 옮기는 게 중심인 사람이었다. 함께 있을
땐 단 한 순간도 내게서 손을 떼지 않았다. 우리 집에
들어서자마자 내 가슴으로 손이 갔고, 안을 때면 내
성기를 더듬지 않고는 못 배겼으며, 곁에 누우면 무조건
나를 절정에 도달시키려 들었다. 몇 달을 같이 지내고
나서 내가 슬슬 기계처럼 반복되는 듯한 행동들을
거부하기 시작하자, 그는 또다시 양팔로 나를 감싸 안고
목에 입술을 부비며 귓가에 속삭였다. "에이, 자기도
좋으면서." 물론 나는 그를 진심으로 사랑했고 그도
마찬가지였으니까, 우린 기억에 남을 만한 시간을 함께
보낸 사이니까, 그럴 때면 화가 나 그를 쏘아보며 고개를
절레절레 흔들다가도 그만 흘러가는 대로 내버려두곤
했다.

    그러던 어느 날 그가 항문성교를 하게 해달라고
했는데, 그건 우리가 한 번도 해본 적 없는 것이었다.
나는 망설였다. 이튿날 그는 다시 같은 제안을 했고, 나는
또다시 망설였다. "해본 적도 없으면서 안 좋아할 거라는
걸 어떻게 아는데?" 그는 막무가내였다. 질릴 때까지
사람을 들볶아대는 통에 나는 딱 한 번만 해보겠다고
했다. 아니, 아니지, 그가 내 말을 정정했다. 세 번은
해보겠다고 하고 그러고도 여전히 싫다고 해야 그때 싫은
거라나. 그래서 우리는 세 번 그 짓을 했고, 솔직히 그
육체적 감각이 지레 생각했던 것만큼 싫지는 않았다―내
의지와는 거의 무관하게 몸이 반응했다. 하지만 단언컨대
나는 그걸 좋아하지 않았다.

    "그래, 이제 세 번 다 했고, 난 더는 안 하고 싶어."
    우리는 침대에 누워 있었다. 그가 내 목에 코를
비비고는 귓가에 속삭였다. "왜 그래, 한 번만 더 하자.
자기도 좋아하잖아."
    그제야 나는 그를 밀치며 그의 얼굴을 똑똑히
쳐다봤다. "싫어." 그렇게 말하는 내 목소리가 그야말로
최후통첩처럼 들려서 나도 흠칫 놀랐다.
    "무슨 이런 부자연스러운 여자가 있어!" 그가 별안간
분통을 터뜨리며 말했다. "너도 네가 하고 싶어한다는 거

알잖아. 나도 네가 하고 싶어하는 거 알고. 그런데도 그
욕망이랑 싸워. 아니면 나랑 싸우는 건가?"

다시 한번, 나는 그를 빤히 쳐다봤다. 이번만큼은
예전에 그를 보던 시선과 달랐다. 한 남자가 하기 싫다는
걸 하라고 날 몰아붙이는데, 심지어 다른 남자에게라면
절대 하지 않았을 방식으로—그러니까 나는 내가 뭘
원하는지도 모른다는 소리를 하면서 그러고 있었다.
나는 두 눈이 가늘어지며 심장이 식어가는 걸 느꼈다.
처음으로—그러나 마지막은 아니었다—남자들은 나와는
다른 종이라는 자각을 했다. 철저히 분리된 이질적인
종. 나와 내 연인 사이에 보이지 않는 얇은 막 같은 게
드리워진 것만 같았다. 욕망이 침투할 만큼 성기되, 인간적
유대는 어룽거리게 보일 만큼 불투명한 막. 내겐 그 막
너머에 있는 사람이 현실 같지 않았고, 나도 그에게 그런
것 같았다. 그 순간 남자랑 잘 일이 평생 다신 없대도
상관없었다.

물론 나는 그 뒤로도 그들과 잠자리에 들었지만—저
남자와 헤어진 뒤에도 수없이 사랑하고 다투고 황홀감을
맛보았지만—보이지 않는 그 미묘하게 버성긴 괴리의
기억이 늘 나를 따라다녔고, 떠올리고 싶지 않을 때에도
떠올랐다. 나를 사랑한다면서도 자기가 인격체라고 느끼는

데 필요한 것이 내게도 필요하다는 사실은 납득하지 못하는 남자의 얼굴을 들여다보면 그 막이 반짝이는 게 보였다.

훗날, 내가 보이지 않는 막이라는 표현을 쓰면—그런 경험에 대한 분석은 저마다 제각각일지언정—무슨 얘긴지 단박에 알아듣는 여자들을 알게 됐다. 늘 그런 식이죠, 그들은 대부분 그렇게 말하며 어깨를 으쓱했다. 그 여자들은 전부터 쭉 그래왔던 그 방식과 이미 화해를 한 상태였다. 나는 그럴 수 없는 사람이었다. 내게는 그 일이 매트리스 스무 장 아래 깔린 완두콩이 되어 있었다. 그렇게 내 영혼을 쑤셔대는 통에 도저히 배겨낼 수가 없었다.

일해, 일이나 하라고, 나는 중얼거렸다. 일을 하면, 이제 막 딱딱하게 굳어버린 심장에다 나 자신을 밀어붙이면 사람 구실은 할 수 있겠지 생각했다. 그럼 '사랑'쯤 포기한다 한들 그게 무슨 대수일까?

나중에야 알게 됐지만, 그건 내가 줄곧 상상해온 것 이상으로 대수로운 일이었다. 한 해 두 해 지나면서 로맨틱한 사랑이 갈망과 환상과 정서로 짜인 직물 전체를 꿰뚫어 엮여 있는 내 감정의 신경계에 마치 물감처럼 스며 있다는 것을 깨달았다. 그것은 내 심령을 집어삼켰고,

뼛속을 파고드는 아픔이었으며, 영혼의 짜임에 워낙
깊숙하게 꼬여 있어서 그것이 일으키는 파상을 똑바로
보려고 하면 눈이 다 아플 지경이었다. 그렇게 남은
인생 고통과 갈등의 이유가 될 터였다. 나는 굳어버린
내 심장을 애지중지하지만, 지금껏 애지중지해왔지만,
로맨틱한 사랑의 상실은 여전히 그것을 갈기갈기
찢어놓는다.

*

내가 다니는 길에 있는 포장도로 두 군데에, 새로
콘크리트가 타설돼 그 주변으로 나무 울타리가 세워졌다.
울타리 옆에는 보행자용으로 깔아놓은 나무판자가
놓여 있고, 그 옆으론 어설픈 난간이 있다. 한겨울 어느
꽁꽁 언 아침에 그 난간을 붙잡고 판자를 따라 간신히
건너가려는데 반대편 끝에서 나타난 남자가 나랑 똑같은
씨름을 하고 있다. 큰 키에 보기 딱할 정도로 마른 데다
무서우리만치 늙었다. 나는 본능적으로 최대한 몸을
기울여 남자를 향해 손을 뻗는다. 그이도 본능적으로
내 손을 잡는다. 그가 안전하게 판자를 건너 내 옆에 설
때까지 우리는 둘 다 한마디도 하지 않는다. "고마워요,

정말 고맙습니다." 그가 마침내 입을 떼자 전율이 나를 훑고 지나간다. "천만에요." 남자의 인사만큼이나 평범한 말투로 들리길 바라며 말한다. 우린 그렇게 각자 갈 길을 갔지만 "고마워요"라는 한마디는 그날 내내 내 혈관을 타고 돌아다녔다.

그런 일을 해낸 건 그의 목소리였다. 바로 그 목소리! 힘 있고, 생기 넘치고, 차분한 목소리. 늙은 남자의 목소리라고는 믿기지 않는 목소리였다. 사소한 호의를 받았을 때 나이 든 사람의 목소리에 묻어나기 마련인 애걸 조가 조금도 없었다. 이를테면 누군가 고작 손을 흔들어 택시를 잡아주거나 쇼핑카트에서 짐 내리는 걸 거들어주기만 해도, 노인들은 세상에서 자리를 차지하고 있는 것 자체가 송구스럽기라도 한 듯한 목소리로 "참 친절한 분이네요, 정말 친절한 분이야, 친절해서"라고 말하곤 한다. 그런데 이 남자는 과도한 도움을 받은 게 아니었으므로 과도하게 고마워할 필요도 없다는 걸 알고 있었다. 난감한 상황에선 누구나 타인에게 도움을 요청할 권리가 있고, 그 광경을 보았다면 누구라도 손을 내밀 의무가 있다는 평범한 인식을 그는 그렇게 우리 두 사람에게 상기시켰다. 나는 손을 내밀었고 그는 내 손을 잡았다. 그는 간청하지 않고 나는 생색내지 않은 채 함께

서 있던 그 30초 동안, 그의 얼굴에선 노년의 가면이,
내 얼굴에선 활력의 가면이 벗겨져 떨어졌다. 역기능
중인 미국 사회, 전 지구적인 잔혹성, 개개인의 자기방어
한가운데서도, 우리 두 사람은 서로를 온전히 바라보았던
것이다.

\*

　레너드에겐 톰이라는 친구가 있는데 못 말리는
이야기 수집가다. 톰에게는 아침 산책이란 행위
자체가 이야깃거리 제공처고, 그 이야기들은 위안이요
기분전환이다. 하루는 레너드가 최근에 톰한테 들은
이야기 두 개를 내게도 들려줬다. 첫 번째 이야기는
이랬다. "어떤 여자가 여객선에서 떨어진 거야. 몇
시간이 지나 사람들은 여자가 사라졌단 걸 알게 되지.
여객선은 회항해서 왔던 길로 돌아갔고 여자를 발견했지.
그 여자가 아직 헤엄치고 있었거든." 그리고 두 번째
이야기. "한 남자가 자살하기로 마음먹고 높은 다리에서
뛰어내리는데, 허공에서 도중에 마음이 바뀌는 바람에
다이빙 자세로 바꿔서 살아남아." 인생은 지옥이고, 인간
종의 파멸은 예정된 것이지만, 그래도 헤엄은 계속 쳐야

한다.

　"첫 번째 이야기는 주인공이 여자고 두 번째 이야기는 주인공이 남자인 이유가 뭐라고 생각해?" 나는 레너드에게 물었다.

　"근데 그 남자 게이야, 바보야!" 레너드는 그렇게 받아치더니 덧붙였다. "그 여자는 배에서 떨어졌어, 뛰어내린 게 아니었다고. 그러곤 사고라도 당하면 끝장일 테니까 곧장 헤엄을 치기 시작한 거지. 한데 그 남잔 우유부단하기가 자살 수준이었던 거야. 죽는 것보단 사는 게 낫겠다고 마음을 정하기도 전에 뛰어드는 쪽으로 기울었지. 영락없는 게이라니까."

　　　　　　　　　　*

　우정에는 두 가지 범주가 있다. 하나는 서로에게 활기를 불어넣는 관계고, 다른 하나는 활기가 있어야만 같이 있을 수 있는 관계다. 전자는 함께할 자리를 미리 마련해두지만, 후자는 일정 중에 빈 자릴 찾는다.

　전에는 이런 구분을 일대일 관계의 문제라고 생각했었다. 요즘은 그렇다기보다 기질 문제라는 생각이 든다. 그러니까 내 말은, 기질적으로 활기가 샘솟는 사람이 있는가 하면, 그런 게 일처럼 느껴지는 사람이 있다는 얘기다. 활기 있는 사람들은 자기를 표출하고 싶어 안달이지만, 그런 게 일인 사람은 쉽게 울적해진다.

뉴욕의 우정은 울적한 이들에게 마음을 내주었다가 자기표현이 풍부한 이들에게 마음을 빼앗기기도 하는 분투 속에서 배워나가는 것이라고 할 수 있다. 거리는 누군가의 징역에서 벗어나 또 다른 누군가의 약속으로 탈주하려는 사람으로 가득하다. 이 도시가 그 여파로 어지럽게 동요하는 듯이 보이는 순간들이 있다.

*

같은 층에 사는 여자가 몇 주 전 일요일 브런치 모임에 나를 초대했다. 이 여자는 몇 년째 초등학교에서 아이들을 가르치고 있었는데, 가르치는 일을 일종의 주 수입원 정도로 여겼다. 본인의 말을 빌리자면, 진짜 자기 삶에서 그는 배우라고 한다. 이 브런치 모임에 나온 사람들—다들 사오십대—은 하나같이 서로 잘 아는 사이도 아니고 아는 사람이 한 명도 없는 이도 있었지만, 모두 자기가 하는 일은 그저 돈벌이로나 생각하고 예술을 천직으로 여기고 있단 걸 얼마 안 가 확실히 알 수 있었다. 비록

실질적인 성과는 없더라도 말이다. 이런저런 오디션이나 책
출간이나 전시 실패담이 줄줄이 이어지자 일요일 아침의
수다는 점차 들썩들썩 활기를 띠었다. 실패담마다 "제대로
준비를 안 했어요" 내지는 "도입부를 고쳐 썼어야 한다는
걸 저도 알긴 했거든요" 혹은 "슬라이드를 부족하게 보낸
거예요"로 끝을 맺었다. 놀라운 건 저마다의 자책이 다른
이들의 마음속에서 연민을 되살려내더라는 것이다. "아니,
자기한테 너무 엄격하시네요!" 하는 소리가 여러 차례
들렸다. 그러다 어느 순간 묵묵히 듣고만 있던 한 여자가
"자기한테 너무 엄격하시네요!" 소리를 마지막으로 내뱉은
사람을 똑바로 쳐다보며 이야기를 시작했다.

　"이혼하면서 웨스트체스터에 있는 집을 팔아야
했어요. 중국에서 가구랑 미술품을 수입하는 부부가 그
집을 샀는데 제가 이사 나오기 일주일 전부터 물건들을
옮겨다놓기 시작하더라고요. 어느 날 밤 지하실로
내려가서 그 사람들이 갖다놓은 상자들을 뒤져보기
시작했어요. 예쁜 도자기 화병 두 개가 보이더군요.
충동적으로 하나를 꺼냈어요. 저들은 다 가졌는데 나는
아무것도 없잖아, 이거 하나쯤 뭐 어때? 그런 생각이
들었죠. 이사 나갈 때 그 화병을 들고 나왔어요. 일주일
뒤에 그 집 남편이 전화를 걸어 와서는, 희한한 일이라며

화병이 두 개 있었는데 하나가 사라졌다고 뭐 아는 거
없냐는 거예요. 아니요, 전혀 모르겠네요, 그런 화병들은
보지도 못한걸요. 저는 그 남자만큼이나 어리둥절한
목소리로 대답했지요. 그러자니 제 기분도 끔찍했어요.
하지만 어찌해야 할지 모르겠더라고요. 벽장에 그
화병을 넣어두고 다시는 안 봤어요. 그렇게 10년이
지난 거죠. 그러다 그 화병 생각이 났어요. 그때부터는
화병이 머릿속에서 떠나질 않더군요. 작년부턴 더는 못
버티겠더라고요. 그래서 그 화병을 최대한 조심스럽게
포장해서 부부에게 돌려보냈어요. 그러고는 따로 편지를
부쳤어요. 뭐에 홀렸었는지, 당신네들 물건인 이걸 왜 내가
갖고 나왔는지 모르겠다고, 이제 와 용서를 구할 처지는
못 되지만 이렇게 돌려보낸다고요. 몇 주 뒤에 그 집
아내에게서 전화가 왔어요. 제가 보낸 그 이상한 편지를
받았는데, 무슨 말을 하는 건지 모르겠다더군요. 그러고
나서 웬 소포가 왔는데 뭔가가 산산조각 난 파편이 가득
들어 있었다는 거예요. 제가 훔쳐 나왔다가 이제 와서
돌려보낸 그 물건은 대체 무엇이었을까요?"

*

레너드와 걔네 집 거실에 앉아 있다. 나는 등받이가 높은 회색 벨벳 의자에, 그는 밤색 캔버스 천을 씌운 소파에.

"요전에 말이야," 내가 말한다. "남을 판단하기 좋아한다는 지적을 받은 적이 있거든. 웃기시네, 속으로 그랬지. 10년 전 나를 봤어야 하는데. 근데 그거 알아? 판단하기 좋아하는 사람인 걸 사과하는 것도 **지긋지긋해**. 판단하기 좋아하면 왜 안 되는데? 나는 판단하기 좋아하는 게 **좋**다고. 판단을 하면 안심이 된단 말야. 절대적인 것들. 확실한 것. 그런 것들이 얼마나 좋았는데! 그런 걸 되찾고 싶어. 되찾을 순 없는 걸까?"

내 말에 레너드는 웃음을 터뜨리며 앉아 있던 고운 소파의 나무 팔걸이를 손가락으로 요란하게 두드려댄다.

나는 말을 이어간다. "예전엔 모든 사람이 참 어른 같았지. 근데 이제는 아무도 안 그래. 우릴 봐. 40년, 50년 전 같으면 우리도 우리 부모 같았을걸. 지금은 누구 같니?"

자리에서 일어난 레너드는 방을 가로질러 벽장으로 가더니 문을 열고 너덜너덜해진 담뱃갑 하나를 꺼낸다. 나는 어리둥절한 눈으로 그를 계속 좇는 중이다. "뭐 하는데. 너 담배 끊었잖아." 레너드는 어깨를 으쓱하더니 담뱃갑에서 담배를 한 대 꺼내며 말한다.

"다 세상 떴지. 그냥 그랬단 얘기야. 50년 전에 넌
'결혼'이라는 딱지가 붙은 벽장에 들어갔잖아. 그 벽장
안에는 저 혼자 서 있을 정도로 뻣뻣한 옷이 두 벌
있었지. 여자는 '아내'라는 이름의 드레스 안으로 걸어
들어갔고 남자는 '남편'이라는 수트 안으로 걸어 들어갔어.
그랬다고. 그리고 둘은 각자의 옷 안에서 자취를 감췄지.
그런데 이제는 그렇게 안 사라져. 발가벗고 여기 서 있는
거야. 그게 전부야."

그러더니 성냥을 그어 담배에 불을 붙인다.

"나는 사는 게 적성에 안 맞아," 내가 말한다.

"누군들 맞겠어?" 그는 내 쪽으로 담배 연기를 내뿜으며
대꾸한다.

*

오전 열 시, 나이 지긋한 여자 둘이 웨스트 23번가에서
내 앞을 걷고 있다. 한 사람은 분홍색 나일론 스웨터를
입고 있고, 다른 사람은 파란색 스웨터 차림이다. 분홍색
옷을 입은 여자가 말한다. "그 얘기 들었어? 교황이
자본주의에 대고 가난한 이들을 친절히 대하라고
호소했다더라고." 그러자 파란 옷을 입은 여자가 묻는다.

"그랬더니 자본주의는 뭐래?" 7번 애비뉴를 건널 즈음 분홍색 옷을 입은 여자가 어깨를 으쓱하며 대답한다. "여태 아무 말이 없네."

정오께 한 남자가 식료품점 계산대 앞에서 손바닥 위 잔돈을 들여다보며 서 있다. "8.06달러를 주셨는데, 안 맞는 거 같아요." 남자가 계산대 너머 젊은 여자에게 말한다. 여자는 동전들을 보더니 말한다. "그렇네요. 8.60달러가 맞는데." 그러면서 거스름돈을 제대로 챙겨준다. 남자는 펼친 손바닥을 계속 들여다보는 중이다. "6이랑 0이 자리가 바뀐 거였네요. 반대로 됐어야 하는데." 이번엔 여자가 가만히 쳐다본다. 마침내 남자가 떠나자 나는 딱하다 싶어 고개를 절레절레 흔든다. "하루 종일 저런 꼴을 봐요." 사려던 물건을 계산대에 내려놓고 있으려니 여자가 한숨을 쉬며 입을 연다. "믿기세요? 어떤 남자가 물건을 하나 들고 계산대로 다가와요. 가격표가 잘못 붙어 있어요. 딱 보이더라고요, 금액이 틀려요. 그래서 말하죠, '저기요, 그거 가격이 잘못됐네요. 제가 이 가게에서 2년을 일해서 알거든요.' 그러면 남자가 이러는 거예요. '그게 뭐 자랑이라고.' 그러고는 성큼성큼 나가버리죠."

오후 세 시쯤 파크애비뉴의 호화로운 리전시호텔

차양 아래 유독 눈에 띄는 커플이 서 있다. 남자는 짙은 회색 머리에 단정한 용모로 비싼 코트를 걸치고 있다. 여자는 알코올의존증 같아 보이는 깡마른 몸에 물결처럼 구불거리는 금발을 하고 밍크코트를 걸쳤다. 그 사람들 옆을 지나가는데 남자를 올려다보는 여자의 얼굴이 환해진다. "근사한 오후였어요." 여자가 말한다. 남자는 여자를 따스하게 안아주더니 그의 얼굴에 대고 고개를 끄덕인다. 그 장면에서 나는 나만의 감사함을 느낀다. 돈 있는 사람들이 그저 인류애에서 나온 행동을 하는 광경이라니 얼마나 흐뭇한가! 나중에 우연히 세라를 만나 파크애비뉴에서 그 커플을 본 이야기를 해줬다. 세라는 내가 알고 지내는 피곤에 찌든 사회주의자다. 그는 마르크스주의자다운 부루퉁한 얼굴로 듣더니 되묻는다. "그 여자가 근사한 오후가 뭔지 알기나 한다고 생각하니?"

*

　1940년대에 뉴욕에서 활동하던 시인 찰스 레즈니코프는 자신이 나고 자란 도시의 거리를 거닐었다. 그는 결혼도 했고 정부기관에서 일한 데다 문학계에 친구들도 있었으므로 은둔자는 아니었지만, 내면의

침묵에서 길어 올린 작품의 또렷함이 워낙 빛나고
날카로웠던 까닭에, 독자로선 그가 거리에서만 느낄
수 있는 자기만의 인류애를 상기시켜줄 것들을 찾아
방황하고 다녔다는 걸 알아차릴 수밖에 없었다. 자신을
일깨워줄 무언가가 필요해서 그러고 있다는 걸.


  날이 저물 무렵 42번가를 따라 걷고 있었다.
  길 건너에는 브라이언트파크가 있었다.
  내 뒤로는 남자 둘이 걷고 있었는데
  두 사람의 대화가 일문 들렸다.
  "네가 해야 할 일은," 한 사람이 동행에게 말하는
    중이었다.
  "바로 네가 하고 싶은 게 뭔지를 정하는 거야.
  그런 다음 그걸 꼭 붙들어. 붙들고 놓지 말라고!
  그러면 결국엔 성공하게 돼 있어."


  나는 그런 훌륭한 조언을 해주는 사람을 보려고 고개를
    돌렸고
  놀라울 것 없이 그는 나이가 지긋했다.
  하지만 그의 동행
  그렇게 진심 어린 조언을 듣던 이 역시 그 못지않게

지긋한 나이였다.

그리고 바로 그때 거대한 시계가 공원 건너편 건물
　　꼭대기에서
반짝이기 시작했다.


고립을 가로질러 서로를 발견하는 인간들의 드라마가
거리에 선 레즈니코프 앞에 끊임없이 펼쳐진다.


제2차 세계대전 중, 어느 날 밤 나는 집에 가고 있었다.
평소에는 잘 다니지 않던 길을 따라. 가게는 모두 닫혀
　　있었다.
딱 한 군데―작은 과일 가게만 빼고.
가게 안에선 이탈리아인이 손님을 기다리고 있었다.
물건값을 내는데, 노인이 슬퍼 보였다.
"슬프시군요." 내가 말을 걸었다. "속상한 일이라도
　　있으세요?"
"맞아요, 슬프네요." 그러더니 여전히 무덤덤한 말투로
　　나를 보지도 않고 덧붙였다.
"아들놈이 오늘 전방으로 떠났어요, 이제 다신 못
　　보겠지요."
"무슨 그런 말씀을! 당연히 다시 보셔야죠!" 내가

말했다.

"아니요," 그가 대답했다. "다시는 못 볼 겁니다."


시간이 흐르고, 전쟁이 끝난 뒤에

나는 또 그 거리를 걷게 됐고

그날도 밤이 늦어, 어둡고 쓸쓸했다.

또다시 그 노인이 가게에 혼자 있는 걸 봤다.

나는 사과를 몇 개 샀고 그를 유심히 보았다.

주름지고 마른 그의 얼굴은 침울했지만

딱히 슬퍼 보이진 않았다. "아드님은 어떻게 됐나요?"

　　내가 물었다.

"전쟁터에서 돌아왔어요?" "네," 그가 답했다.

"다치진 않았던가요?" "네, 멀쩡합니다."

"다행이네요, 다행이에요!" 내가 말했다.

노인은 내 손에 들려 있던 사과 봉투를 가져가 안을

　　더듬더니

곯기 시작한 놈을 하나 골라내고

성한 놈 하나를 대신 집어넣었다.

"크리스마스에 녀석이 돌아왔죠," 그가 덧붙였다.

"정말 잘됐네요! 참 잘됐어요!"

"그럼요," 그가 나지막이 말했다 "잘된 일이죠."

그러더니 내 손에서 사과 봉투를 다시 가져가서는
작은 사과를 하나 꺼낸 다음 큰 사과를 담아주었다.

레즈니코프가 오늘날 이 거리를 걷는다면 무슨 시를
들려줄지 궁금해지곤 한다.

*

랠프 월도 에머슨이 말했다. "혼자인 사람은 누구나
진실하다. 타인이 들어서는 순간 위선도 시작된다. (…)
그러니 친구란, 본질적으로 일종의 역설일 수밖에 없다."

*

시내에 사는 극작가와 연애를 한 적이 있었다.
이 남자에 대해서는 두 가지로 요약할 수 있는데,
알코올의존증 전력이 있었고 도시를 떠나는 데 공포증이
있었다. 그를 시적인 사람이라고 느끼기엔 내 나이가
너무 많았지만, 어쨌든 그렇게 느꼈다. 그는 술을 입에
대지 않겠다고 약속했고 그 약속을 지켰다. 내게
충실하겠다고도 약속했지만 그 약속은 안 지켰다. 그가

떠나고 나는 가슴이 찢어지는 슬픔과 분노를 어느 쪽이 더하고 덜할 것도 없이 똑같이 느꼈다. "당신이 나를 떠나겠다고? 내가 당신을 떠나야지!" 그렇게 나는 울부짖었다.

알코올의존자라니, 레너드가 어깨를 으쓱했다.

전 알코올의존자라니까, 내가 군이 덧붙였다.

뭐 알코올의존자든 나랑 무슨 상관이람, 그가 되받아친다.

이제 미드타운 6번 애비뉴 쪽으로 걸어가는데 문득—이유는 모르겠다, 어쩌면 그 극작가 생각을 하고 있었는지도—배터리파크시티 해안 공원 난간 살에 철로 활자를 만들어 주욱 끼워놓았던 프랭크 오하라*의 근사한 문구가 떠올랐다. "녹음을 만끽하겠다고 뉴욕의 경계를 벗어날 필요가 전혀 없다. 요 앞 지하철이든 레코드 가게든, 뭐가 됐든 사람들이 인생을 송두리째 후회하진 않는다는 신호를 확인하지 않고서는 풀 한 포기도 마음 놓고 감상할 수 없으니." 내가 이 구절을 읊어주자 레너드는 신이 나서 눈가가 자글자글해진다. "과대평가된 시인이야. 근데 어쩌다 진짜 굉장할 때도 있지." 레너드가

---

* 미국의 시인, 음악가, 미술비평가.

말한다.

"그건 그래." 내가 고개를 끄덕이며 말한다. 머릿속에서 오하라의 문장이 맴도는 느낌이 들더니 어느새 그 문장을 동경하기 시작한다.

"안되긴 했어," 레너드가 입을 연다. "그……"

"너무 일찍 죽었지," 내가 불쑥 끼어든다. 레너드가 나를 빤히 쳐다본다.

"딱 한 권 있는 저언기도 걸하잖기더라……."

"세상에!"

"소올직히 말야." 레너드가 운을 떼며 나를 본다. "너랑은 이제 심각한 대화 못 나누겠다."

"알았어, 알았어." 나는 마음을 가라앉힌다. "그래도, 오하라는 훌륭한 전기의 주인공 자격이 충분하다니까."

"사람 자체만 놓고 봐선 그다지." 레너드가 대꾸한다. "자기 작업이 결국 어디에 도달할지 알면서도 평생을 정신 나간 악동으로 산 남자였지만, 그 사람 삶은 그 시대의 징후였어. [1950년대는] 미학이 정치학을 대신하던 시절이었고, 너도 알잖아, 그땐 게이들도 늘 환영받았던 거. 전쟁도 끝났겠다 뉴욕이 가장 사랑스럽던 시절이었지. 용기백배해서 겁도 없이 막 자기 자신을 드러내려는 남자가 꽤나 많았어. 오하라처럼 자기가 뭐라도 되는 줄

아는 사람이라면 뭐든 유례없는 수준으로 밀어붙일 수
있었을 거야. 그 사람이 딱 그랬지. 그랬으니까, 그렇게
기막히게 대담했고 또 거기서 용케 도망쳐 나올 수 있었기
때문에 모든 게 달라지기 시작한 거야."

라디오시티뮤직홀을 지나는데 레너드가 그 오래되고
요란한 대극장을 올려다보더니 말한다. "아름다움과
계급과 아이비리그라는 자신감이 있어야 했지.
오하라한테는 전부 있었어. 나 같은 사람은 꿈도 못 꿀
일이었을 거야."

이 말을 하며 혼자 상념에 잠기는 레너드의 목소리에
짙은 회한이 묻어난다.

내가 그를 툭 친다. "그래도 그 시절에 오하라가 기어이
그렇게 살지 않았음 넌 지금 여기서 나랑 걷고 있지도
못했을걸." 웃음이 난다. "심지어 나도 나랑 지금 여기서
이렇게 걷지 못했겠지."

레너드도 같이 웃지만 마지못해 웃는 눈치다. 불평하길
접는 건 딱 질색인 친구다. 그의 표현을 빌리자면
불평이야말로 삶을 구원한 아이러니다. 그거 하나는
레너드가 절대 포기하지 않을 것이다.

저녁엔 우리 둘 다 안면만 조금 있는 심리학자
부부네서 식사를 하게 됐다. 그 자리에 온 사람은 죄다

동성애혐오자였는데, 온갖 '가치'를 떠받들고 문화를
논하는 데는 열심이다. 음식은 고급인데 대화는 쓰레기인
저녁 식사. 그 정신분석학자들은 나에게만 말을 건다.
덫에 걸린 기분이다. 틈만 나면 레너드에게 의지해 시간을
즐겁게 보내보려 하지만, 거기서 나는 혼자다. 그는 이미
나도 비집고 들어갈 수 없는 외딴 곳에 틀어박혀버렸다.
그러고 나서 우리는 어둡고 적막한 거리를 함께 걷는다.
밤이 차갑다. 우리는 각자의 내면으로 침잠한다. 시간이
얼마쯤 흘렀을까, 레너드가 내게 말한다. "나는 관심
대상이 아닌 거야. 관심 끌 만한 면은 그 사람들을 두렵게
하고."

그가 방금 한 그 말 때문에 우리는 더 이상 거리를
좁히지 못한다—벌써 몇 시간째 그와 함께 있으면서도
나는 내내 혼자였다. 하지만 그저 무의미하게 지나갔을
저녁에 그의 말이 부여한 명징함 덕분에, 삶이 조금은 더
견딜 만하게 느껴진다.

레너드와의 우정은 내가 사랑의 법칙을 들먹이면서
시작됐다. 사랑의 법칙엔 기대가 수반된다. "우리는 하나야."
나는 레너드를 만나자마자 결론을 내렸다. "너는 나고,
나는 너야, 서로를 구원하는 게 우리 의무고." 이런 감상이
헛다리를 짚은 것이었음은 몇 해가 지나서야 깨달았지만.

사실 우리는 각자의 인생이라는 영토를 힘겹게 횡단하다 국경이 맞닿는 곳에서 이따금 만나 서로에게 정찰 기록을 건네는 고독한 두 여행자다.

*

우리 건물 입구는 지하철역 출구에서 불과 몇 걸음 거리다. 그 길에 한 남자가 구걸을 하며 서 있다. 근 2년이 넘도록 거의 매일 여기 서 있다시피 하는 그는 아서라는 이름의 잘생긴 삼십대 흑인 남성으로 옷차림도 말끔하다. 아서는 한 손에 종이컵을 들고는 따스하고 침착한 목소리로 같은 말을 하고 또 한다. "신사 숙녀 여러분, 저를 좀 도와주시겠습니까. 잠잘 곳도 없고, 조금이라도 배를 채우고 싶네요. 저는 술도 안 마시고, 약도 안 하고, 죄도 안 짓는답니다. 그저 이 어려운 시기에 조금만 도와주십사 부탁드리는 겁니다. 뭐라도 나눠주시면 감사하겠습니다."

나는 아서에게 돈을 준 적은 없어도―좌파 부모 슬하에서 자란 사람으로서 나는 여전히 구걸에 반대하는 입장이다―내게 말을 거는 사람과는 꼭 대화를 나눈다. 아서와 나는 매일 아침 가벼운 대화를 주고받는다. (오늘은 어때요? 괜찮아요, 당신은요? 그럭저럭 괜찮아요.

밖에 너무 오래 있지 말아요, 오늘 추워진대요.) 가끔 바쁠
땐 그냥 손만 흔들기도 한다. 그러면 아서는 꼭 장난스럽게
소리치곤 한다. "오늘 멋지네요, 끝내줘." 나는 웃음을
터뜨리고 사람을 꾀는 예의 그 부드러운 목소리는 계속
나를 부르며 따라온다.

　요전엔 건물 현관을 나서는데 딱 그 순간에 한 남자가
지하철역에서 나왔다. 아서는 컵을 내밀었다. 그 손에
병이라도 있다는 듯 펄쩍 뛰며 몸을 피하는 남자의 얼굴엔
살기 어린 역겨움이 서려 있었다. 아서는 별스러운 일 따위
일절 없었다는 듯 계속 중얼거렸지만, 내 속이 상해버렸다.
"대체 어쩌자는 거예요?" 나는 소리를 질렀다. "평생 이 짓을
할 거예요?"

　그는 웃는 눈으로 나를 내려다봤다. 나 역시 뻔하디뻔한
인간이었다. "여사님, 저 일자리 찾고 있어요. 저 남자는 절
도울 마음이 없고, 어떻게든 저를 주저앉히려는 거예요.
제가 길에서 굶어 죽는대도 상관 안 한다고요."

　아서는 똑똑한 사람이고 딴에는 할 말도 있겠지만, 그건
나도 마찬가지다. 나는 거기 서서 그와 언쟁을 벌였다.
그러다, 그는 내 말을 잘라먹곤 신랄한 투로 말했다.
"휴가를 언제 끝낼지는 제가 정할게요."

　나는 그를 빤히 쳐다봤다. 내 표정에서 뭘 보았는지

모르겠으나 그의 표정이 확연히 누그러졌다. 그는
나지막이 말했다. "지금은 모든 게 여사님 젊었을 적 같지
않답니다."

*

1970년대 말이던가, 내가 급진 페미니즘으로
분기탱천해 있을 당시 어느 작은 여자 대학에서 졸업식
축사 요청을 받은 적이 있었다. 이 영예를 안게 됐다는
소식을 전하려고 엄마에게 전화를 걸었다.

"졸업식 축사를 해달라는 요청을 네가 받았다고?"
엄마는 믿을 수 없다는 듯 외쳤다.

"그렇다니까," 내가 말했다.

"그러니까 어떤 사람이 연설문을 써주면 네가 그걸로
축사를 한다는 얘기니?"

"아니, 내가 쓰고 내가 하지." 내가 말했다.

"대체, 다른 사람도 아니고 어떻게 너한테 부탁을 했다니.
내 말은, 하필 어떻게 너 같은 사람한테 부탁을 하냐는
거야."

"엄마!" 내가 대꾸했다.

이튿날 엄마는 내게 물었다. "축사 하기 전에 미리

원고를 보여줘야 하는 거니? 그러니까, 학과장이든 누구든 간에 네가 뭔 소리를 할지 미리 보내는 소리야."

"아니…… 아무한테도 보여줄 필요가 없다고요." 나는 한숨을 내뱉었다.

엄마의 시선이 가만히 내 얼굴에 머물렀다.

"그래 뭐," 엄마는 마지막 한마디를 보탰다. "거기서 네가 하는 말이 마음에 안 든다 한들 집에 가란 소리밖에 더 하겠니."

무슨 얘기냐면, 어쨌든 여긴 미국이니까 마음에 안 들어도 설마 죽이기야 하겠냐는 소리다.

·✦·

인생이란 체호프식이든 셰익스피어식이든 둘 중 하나라는 걸 나는 일찌감치 배웠다. 우리 집이 어느 쪽이었는지는 두말할 필요도 없다. 엄마는 어둠침침한 방 소파에 누워 한 팔은 이마에 걸치고 다른 팔은 가슴에 올려놓은 채 "외로워!"라고 울부짖었다. 그러면 사방팔방에서 여자들은 물론이고 남자들까지 달려와 동네에서 잘난 사람 취급을 받던 이 영혼의 괴로움을 달래보겠다고 쩔쩔맸다. 하지만 엄마는 정신을 놓아버린 듯한 불만 속에서 눈을 질끈 감은 채 등을 돌렸다. 엄마가 바란 건 거기 있는 누구도 건네지 못할 영혼의 위로였다. 그 사람들은 임자가 아니었다. 엄마 주변에는 그런 사람이 없었다. 한때 딱 한 사람 있었지만, 이제 그는 죽고 없다.

엄마는 사랑을 성배의 자리에 올려둔 상태였다. 사랑을 찾는다는 건 단지 성적인 희열을 누리는 것이 아니라 우주에서 머물 자리를 잡는 일이었다. 엄마는 아빠와 결혼했을 때 영혼에서 모호함이라는 먹구름이 걷혔다고 했다. 엄마는 그렇게 표현했다, 모호함이라는 먹구름. 너희 아버진 마술 같은 사람이었지. 눈길, 손길, 그리고 날 이해해주는 게 그랬어. 엄마는 이 문장을 끝맺을 때쯤 몸을 앞으로 숙였다. 이해는 부적 같은 단어였다. 엄마 말로는, 이해를 받지 못하면 당신이 살아 있는 건지 알 길이 없었고 이해를 받으면 마음이 정돈되며 세상에 존재한다는 느낌을 받았다고 했다. 아빠 곁에서 엄마는 당신에게 있었는지도 몰랐던 깊이로 반응했다. 시든, 정치든, 음악이든, 섹스든 모든 것에. 감정이 북받친 듯 엄마는 눈을 감았다. 모든 것. 아빠가 돌아가셨을 때 엄마는 말했다. "모든 것"이 아빠와 함께 가버렸다고. 엄마 영혼에 드리웠던 구름이 다시 나타났고, 이번엔 그 어느 때보다 검었다. 이제 그 먹구름이 온 땅을 뒤덮어버렸다.

너무나도 뿌리 깊고 도대체 어떻게 해볼 도리도 없는 그 우울은 얕아지지도 옅어지지도 않고 몇 년이고 이어졌다. 한때 엄마가 느꼈던 그 마침맞다는 감각을 잊을 순 없었겠지. 이제 무엇이 주어진들 소용이 없을 예정이었다. 더는 무엇도 바로 그것이 아니었고, 누구도 바로 그 사람이 아니었다. 비스름한 것들에 대한 엄마의 거부는 걷잡을 수 없는 지경이 되었다.

나는 자라서 영락없는 엄마의 딸이 되었다. 꼬마 때부터 똑 부러지는 반응이 돌아오지 않으면 도통 흥미를 못 느꼈다. 내 마음과 주파수가 딱 맞는 사람들이 필요했지만 주변의 어떤 누구도 내가 꼭 듣고 싶어하는 그 말을 돌려주지 않았다. 나는 늘 동네 아이들에게 학교에서, 식료품 가게에서, 내가 사는 아파트 건물에서 막 일어난 일을 가지고 떠들고 다녔다. 긴 이야기를 다 들려준 다음엔 의미가 담긴 문장 하나로 그걸 요약해줬다. 그러고 나면 누구라도 내 얘기가 잘 전달됐음을 확인시켜줄 만한 문장을 말해주기를 바랐다. 하지만 열의 넘치던 표정들은 온데간데없이 사라지고 어리둥절하거나 냉랭한 얼굴이 돼서는, 어김없이 누군가 이렇게 말했다. "뭔 소릴 하고 싶은 건데?"

나는 점점 안절부절못하기 시작했고 짜증과 심술이

늘었다. 영 괴로웠다. 투표를 할 수 있는 나이가 되기
한참 전부터 나는 부르짖고 다녔다. "어떻게 그런 말을 할
수가 있어!" 엄마가 느끼던 종류의 그 결핍감에 나 역시
어찌할 바를 몰랐다. 마치 태어나자마자 '이상적인 친구'를
빼앗기는 바람에 할 수 있는 일이라곤 그 결핍을 겉으로
드러내는 것만 남은 사람처럼.

　"어떤 무리에 속한 사람이든 여느 누구만큼이나 똑같이
좋은 사람들이다." 키츠가 스물다섯도 되기 전에 알았던
사실을 나는 영영 깨닫지 못할 것이었다. 이제 나를
기다리는 건 셰익스피어식 인생이었다. 그렇게 경험을
확실히 자기 것으로 만들었던 키츠는 최소한의 인간적
교류만으로도 스스로 확보해둔 명료한 내면에 가닿을 수
있었다. 거의 대부분의 사람과 그게 가능했다. 자기와의
대화가 자양분이 되는 정신의 천국에 그는 살았던 것이다.
나는 망명이라는 연옥에 갇혀 앞으로도 평생 마침맞은
대화 상대를 찾아 헤맬 텐데.

　이 막다른 길 끝엔 바로 고결한 훈계가 나왔다. 나는
동네에서 사랑의 의미와 본질에 대해 수시로 진지하게
설파하고 다니는 유일한 열네 살 여자애였다. 진짜 사랑,
참된 사랑, 바로 그 사랑. 사랑이 옆에 있으면 단박에 알
수 있는 거야, 나는 호언장담했다. 알지 못했다면, 그건

사랑이 아닌 거지. 사랑이 **맞았다면**, 어떤 장애물 앞에서도 망설임 없이 자기를 던지게 돼 있어. 사랑은 궁극의 강렬함이자 중차대한 희열이거든. 그 시절 내 유별났던 점 하나는 그런 호칭기도*를 자꾸만 읊조리고 또 읊조릴 때 품었던 그 확신이었다.

무슨 교황이라도 된 양 진정한 사랑에 대해 설교를 하고 다니던 그때, 나는 근사한 음악당 무대나 광장 연단에 올라 수천 명의 청중 앞에서 혁명하자고 연설하는 모습을 늘 꿈꿔온 소녀이기도 했다. 언젠가는 나도 그런 혁명으로 사람들을 추동할 수 있을 만큼의 호소력과 비전을 갖추리라는 확신에 혼자 몰래 전율했다. 혁명을 이끄는 동시에 사랑에도 헌신하면서 사는 게 과연 어떻게 가능할지 생각하면 가끔 난감해질 때도 있었지만 이내 연단 위에 선 내 모습이 저절로 머릿속에 떠올랐다. 내 얼굴이 목적으로 환하게 빛나는 순간, 청중 속에는 연단에서 내려와 품에 안길 날 기다리는 귀여운 한 남자가 있는 것이다. 그 정도면 만반의 준비가 된 것 같았다.

십대 후반으로 접어들면서, 혁명을 이끄는 스스로에 대한 머릿속 이미지는 기묘하게도 복잡해지기 시작했다.

* 기독교에서 성인의 이름을 부르며 하는 일종의 탄원 기도로, 성직자가 먼저 읊으면 신도들이 화답하듯 정해진 구절을 반복해 읊는다.

물론, 의미 있는 삶에는 진짜 과업—세계에서 실제로 해낸
업적—이 포함되어 있다는 걸 알았지만, 이제 그 일을
해내려면 '이상적인 파트너'가 반드시 필요하다고 생각하기
시작한 것이다. 그런 사람만 곁에 있으면 난 모든 일을
해낼 수 있을 거야, 그렇게 생각했다. 그가 없으면……
아니, 그런 건 생각조차 할 수 없다. 그 사람이 없다는 건
있을 수 없는 일이다. 그러면서 차츰 그 과업을 하는 것에서
그 과업을 해내기 위해 내 짝을 찾는 것으로 초점이
옮겨가기 시작했다. 천천히 그러나 확실히, 그 사람을 찾는
일이 어느새 그 과업이 된 듯했다.

　대학에서 사귄 친구들은 문학소녀들이었다. 다들
자기 자신을 조지 엘리엇의 도러시아 브룩 아니면
헨리 제임스의 이저벨 아처와 동일시했다. 도러시아는
탁상공론가를 지적이라고 착각한 인물이었고, 이저벨은
음흉한 오스먼드를 교양 있는 남자로 본 인물이었다.
도러시아와 자신을 동일시한 애들은 온갖 '표준'에 대한
그의 고고한 헌신에 감명을 받았지, 그를 편협하고
독선적인 인물로는 보지 않았다. 이저벨에 동일시한
애들은 그의 거대한 감정적 야심을 우러러봤지, 그를
위태로울 정도로 순진해빠진 인물로는 보지 않았다.
친구들과 나는 스스로를 둘 중 어느 한쪽의 변형에

해당된다고 생각했다. 우리 관심이 진지해지는 건 이 두 가상의 여성에 대한 몰입을 통해서였다.

『미들마치』든 『여인의 초상』이든 문제는 아름답고 지적이고 섬세한 주인공이 엉뚱한 남자를 임자로 착각한다는 것이었다. 우리가 봐도 그 상황이 완전히 납득될 만하다는 것 또한 문제였다. 그런 일이 일어나는 걸 날이면 날마다 봤으니까. 우리 중에는 우아하고 재능 있고 반반한 젊은 여자들이 있었고 그들은 정신이든 영혼이든 덜떨어진 남자들에게 이미 빠져 있거나 점점 빠져드는 중이었다. 그런 남자들은 여자들을 깎아내리기 마련이었다. 이런 운명에 대한 예감이 우리 모두를 끈질기게 따라다녔고, 그 일이 내 일이 될지도 모른다는 생각에 우린 저마다 몸서리를 쳤다.

난 안 그래, 나는 그렇게 다짐했다. 내 짝을 못 찾는대도 없는 대로 가야지, 겁도 없이 맹세했다.

대학 졸업 후 거의 10년 동안 나는 그 성배를 찾아 헤맸다. 진정한 사랑, 진정한 일을 찾아서. 나는 읽고, 쓰고, 침대로 뛰어들었다. 10분간 결혼 상태였고, 5분간 마리화나를 피웠다. 경쾌하고 활기차게 뉴욕과 유럽의 거리를 쏘다녔다. 하지만 어쩐지 이거다 싶은 게 아무것도 없었다. 어떻게 일에 착수해야 할지 알 수 없었고, 말하나마나 짝이 될 사람은 얼씬거리지도 않았다. 결국 거대한 무기력이 나를 덮쳤다. 마치 선 채로 잠이 들어 누군가가 깨워줘야 할 것 같은 상태가 되었다.

이십대의 마지막 날 나는 어느 과학자와 결혼했다. 논문 한 편 완성하는 데 18년이나 걸린, 기질적으로 침울한 남자였다. 아무래도 역경이 그를 시적으로 만든 모양이었다. 물론 그는 내 분열된 마음에도 엄청나게 민감하게 반응했다. 연애하는 동안 우리는 시도 때도 없이 함께 걸었고, 걸으면서 나는 모스크바에 못 간 이유를 열심히 설명했다. 내가 말을 하면 그의 눈은 감정으로 이글거렸다. 그는 큰 소리로 감탄하곤 했다. "사랑하는 자기! 아름답고 신기한 내 애인. 당신은 삶 그 자체야!"

나는 내적 갈등을 겪는 흥미로운 인물이 됐고, 그는 지적이고 눈치 빠른 아내가 됐다. 이렇게 관계가 정립된 덕분에 우린 둘 다 행복했다. 전우애 같기도 했다. 드디어 '이상적인 친구'를 만났구나, 나는 생각했다. 그땐 인생이 달콤했다. 혼자였을 땐 속이 뒤틀렸는데 그제야 숨통이 트이는 듯했다. 아침에 눈을 떠 옆에 누워 있는 남편을 보는 일이 내 기쁨이었다. 이전엔 알지 못했던 영혼의 위안을 경험했다.

그러던 어느 날 아침 황폐한 기분으로 잠에서 깼다.

뭐랄까, 영문은 알 수 없었다. 바뀐 것도 전혀 없었다. 남편도 그대로고 나도 그대로였다. 몇 주 전만 해도 아침에 눈을 뜨면 마냥 들떴었는데, 샤워기 아래 심란한 마음으로 서 있으려니, 슬픔의 얼룩이 눈앞의 허공에서 춤을 췄고 지난날의 고독이 다시 내게 배어들었다.

저 남자는 누구지? 나는 생각했다.

저이는 내 짝이 아니야, 그렇게 생각했다.

그런 사람만 있다면, 또 생각했다.

1년 뒤 우린 이혼했다.

나는 여전히 엄마의 딸이었다. 엄마가 원판이면 나는 현상본이었지만, 어쨌든 우린 둘 다 거기에 있었다. 결국엔 혼자였다. 제 짝이 아닌 사람과 함께.

도러시아나 이저벨이 그랬듯 나 역시 엉뚱한 남자를 짝으로 착각할 운명이었다는 걸, 제럴드와 헤어지고 몇 년이 지날 때까지도 이해하지 못했다. 우리가 달려왔던 이유가 그거였는데. 그런 데 골머리를 썩이지 않았더라면 다들 무언가 쓸모 있는 과업을 찾느라 짝을 찾네 마네 하는 문제 따위는 쭉 잊고 살았을 것이다. 그러나 우리는 잊지 않았다. 결코 잊은 적이 없었다. 도무지 찾을 길 없는 진정한 짝이 인생의 화두가 됐고, 그런 사람의 부재는 모든 걸 정의내리는 경험이 됐다.

공주와 완두콩에 관한 동화를 이해하게 된 건 그 무렵이었다. 공주가 그동안 찾아다닌 건 왕자가 아니라 완두콩이었다. 스무 겹 매트리스 밑에 깔린 완두콩의 존재를 느끼는 순간, 바로 그때가 정의를 내리는 순간이다. 지금껏 이 길을 걸어온 이유, 거기서 확인하게 된 사실—불경스런 불만이 삶을 끝없이 가로막으리라는 것—그것이 바로 이 여정의 의미임을.

우리 엄마가 그랬다. 엄마는 그런 남자가 없다는 사실에 시름하느라 긴 세월을 보냈다. 나도 마찬가지였다.

우리는 강박적 갈망에 사로잡혀 있었다. 우리 모두—도러시아와 이저벨, 엄마와 나, 동화 속 그 공주—가 그랬다. 갈망이야말로 우리를 매혹하고 우리에게서 가장 깊은 관심을 끌어내는 힘이었다. 과연 체호프식 삶의 정수라고 할 수 있었다. 존재하지 않고 존재할 리도 없는 것 때문에 긴긴 막이 세 개나 흐르도록 한숨짓는 그 모든 나타샤*를 생각해보라. 답도 없는 딜레마를 늘어놓고 있으면 (엉뚱한) 남자들만 우르르 고개를 끄덕이는 것이다.

제럴드와 나는 끝없이 대화를 나누고 나누고 또 나누는 나타샤와 의사 같았다. 나타샤가 나누는 매혹적인 대화

* 안톤 체호프의 희곡 「세 자매」의 등장인물로 소시민적이고 현실 순응적인 사람으로 그려진다.

이면에는 어마어마한 수동성이 자리 잡고 있고, 의사는 이를 더 두드러져 보이게 만든다. 어쩔 수 없이, 나타샤와 의사는 헤어져야만 한다. 둘은 그저 서로를 곁에 둔 채 피차 어느 정도만 마음을 쓸 뿐이니까.

*

남자와 여자가 버스에 나란히 앉아서 대화를 시작한다. 여자는 흑인에 중년이고 잘 차려입었으며, 남자는 백인인데 역시 중년이고 눈에는 살짝 광기가 돈다. 느닷없이 남자가 여자에게 말한다. "나는 영적이에요. 아주 영적인 사람이라고요. 그래서 모든 종교를 받아들인답니다. 어떤 종교든 괜찮아요. 그래도 기독교는 마음에 안 드는 게 하나 있죠. 왜 예수를 죽였다고 유대인들을 미워하는지." 그러자 여자가 몸을 돌려 남자를 똑바로 쳐다보더니 말한다. "그거 알아요? 나도 늘 똑같은 생각을 했더랬어요. 어쨌든, 예수를 죽인 건 로마인들이라는 거지. 그런데 왜 이탈리아인들 탓은 안 하죠?"

*

삶이 불능不能의 총합처럼 느껴지려 할 때면 나는 타임스스퀘어까지 산책을 나선다. 세상에서 가장 요령 넘치는 하층민들의 본고장인 그곳에 가면 금세 통찰이 회복된다. 찬바람이 불던 어느 겨울 저녁, 43번가 브로드웨이에서 흑인 남성이 임시 연단에 올라 마이크에 대고 연설을 하는 중이다. 연단 주변으로는 열 명 남짓의 흑인 남녀가 모여 있다. 마이크를 잡은 남자의 목소리가 마치 텔레비전 아나운서 같다. 찬바람에 몸을 움츠린 사람들이 서둘러 그를 지나치지만, 그는 아랑곳없이 저녁 뉴스 앵커처럼 차분하게 말을 이어간다. "최근에 눈에 들어온 사실인데, 요즘 선탠 로션과 선블록 제품 판매가 뛴다더군요. 이런 제품은 주로 누가 살까요? 제가 알려드리죠. 백인들입니다, 백인들이 사요. 형씨나 저 같은 사람이 아닙니다. 아니고, 백인들이 산다고요." 그러더니 목소리를 낮춘다. "이런 얘길 들으면 무슨 생각이 드시나요? 우리한테는 맨날 자기네가 잘났다고들 그러는데……" 그러고는 난데없이 말을 끊더니 두 눈을 질끈 감고는 고함을 지른다. "씨발 햇빛 하나 어쩌지 못하는 주제에!" 그는 자리를 뜨는 이들의 정수리를 조용히 가리키며 다시 뉴스 앵커 톤으로 덧붙인다. "거기 당신들. 백인 여러분. 아예 속하지를 마. 이 지구에."

＊

3번 애비뉴에서 우연히 매니 레이더를 만난 건 25년 만이었다. 매니는 내가 열두 살 때 동네에서 제일 친했던 친구의 오빠였다. 내가 열네 살이 되자 그는 나를 빤히 보기 시작했었다. 3번 애비뉴에서 그를 다시 본 순간 이 남자를 가져야겠단 생각이 들었다.

나는 어린 시절 함께 자란 남자들에게 끌린다. 그 남자들은 마치 클로로포름에 적셔 얼굴에 씌운 천 같아서, 그들을 들이마시고 그들 안으로 파고들어 나를 그 안에 파묻고 싶어진다. 어렸을 땐 그들이 되고 싶었다. 검은 피부에 깡말라선, 이글거리는 눈으로 멋모르는 열정을 품고 있던, 거리에 빠싹한 그 남자애들, 매일같이 길모퉁이에 모여서 웃고 욕하고 참견하며 존재를 드러내던 그 애들. 내가 그중 한 명이 될 수 없다는 사실이 영 극복이 안 됐다. 그들끼리 공유하는―물려받기라도 한 것처럼 하늘에서 뚝 떨어진―상상이라는 행위가 부러웠던 건 아니다. 내가 그들 중 한 명이 아니며, 앞으로도 영원히 아닐 거라는 사실이 무서웠다. 그럼 위험에 처한 건가 싶었다. 세계도 자아도 없으니.

"네가 작가가 될 줄 누가 알았겠어," 3번 애비뉴에서 마주친 매니는 놀란 표정을 지으며 말했다. 그러더니 웃으며 덧붙였다. "너 진짜 골 때리는 애였잖아, 부르지도 않은 데만 골라 가서 헤집고 다녔지." 매니의 웃음은 내게 그 시절을 통째로 소환했고 마치 걔들이 내 앞에 빙 둘러서 있기라도 한 것처럼 그때의 감정을 다시 선사했다. 길모퉁이에 서 있던 그 남자애들 옆을 지나갈 때 들리곤 했던 매니의 웃음소리는 딱 이렇게 깊고 풍성했다. 오직 그 친구들만이 그 애를 그렇게 웃게 만들었고, 여자애들은 절대 그러지 못했다.

우리는 침대로 뛰어들었고 상상도 못 했던 강렬하고도 달콤한 행복감에 둘 다 깜짝 놀랐다. 어느 오후에 그와 사랑을 나누다 밑으로 내려갔다. 다시 올라온 내가 말했다. "모든 브롱크스 남자애들의 꿈이었지, 길 건너 여자애가 빨아주는 거." 그러자 매니는 벌렁 드러누운 채 특유의 허물없고 호탕한 웃음을 터뜨렸다. 우리 둘이 몸으로 함께한 그 어떤 것보다도 그 웃음이 가장 짜릿했다. 매니의 등 뒤에 있던 벽을 바라보며 생각했다. 난 안전해. 그는 이제 절대 나를 떠나지 않을 거야. 당연히 그가 떠날 것이라곤 정말로 생각하지 않았다. 혹 내빼는 쪽이 있다면, 그건 나일 거였으니까.

매니는 일평생 여자를 제외한 모든 것에서 도망쳤다.

장학금까지 받고 대학에 들어갔다 3학년 되던 해에 군 입대를 해버렸고, 횡령 사건으로 소문이 자자한 어느 회사에 발을 들였다 2년도 안 돼서 회사가 파산하더니, 연구 보조로 들어간 무슨 생물학 연구실에선 연구원이 된 다음 상사와 싸우고 그만둬버렸다. 미 전역에서 발행되는 큰 잡지사에서도 일했는데, 거기서도 금세 기자가 됐다가 편집기자로 조금 있더니 곧 해고당했다. 일주일간 말도 없이 사라졌다 나타났기 때문이다. 동네에서 매니는 일찌감치 틀려먹은 무뢰한 취급을 받았다. 매니의 모친이 "저 녀석은 자기 자신을 못 찾아"라고 탄식하면 부친은 "핑계 한번 그럴싸하네" 하고 비웃었다.

하지만 모친 말이 맞았다. 매니는 자기를 찾지 못했다. 어떤 상황에 처해도 거기서 자신을 발견하지 못했다. 그는 절대 똑같은 일을 두 번 반복하는 법이 없었다. 일삼는 것마다 그저 한 차례의 경험으로 끝났다. 그 가운데 어떤 것도 견습 수준 이상으로 이어가질 못했다. 인생에 일어나는 일들은 경험으로 축적되기를 거부했고, 그러면 매니는 그 일들에 거부라도 당한 양 모든 걸 내팽개쳐버렸다. 내면에서부터 우러난 거부가 그의 유일한 재능 같기도 했다. 이것이 그가 추구한 재능임에 틀림없었다. 우리가 같이 자기 시작했을 무렵,

그는 거부자야말로 자신의 조건이자 운명이라고 되뇌기 시작했다. 알 만큼 아는 사람이었고 나와 함께 있으면 이미 알던 것도 훨씬 더 분명하게 알 수 있었지만 소용없었다.

매니와 놀아나던 당시 나는 슬럼프에 빠져 있었다. 딱 그렇게 말했다. "나 슬럼프에 빠졌어." 매니는 나를 물끄러미 바라봤다. "슬럼프에 빠졌다고?" 그가 되물었다. "그게 무슨 뜻인데? 그거 개소린 게, 너 일할 생각 없잖아, 안 그래? 결국 그런 뜻이라고, 아냐? 너 글도 안 쓰는 작가잖아. 내 눈에도 보인다니까. 지금 우리 같이 있잖아, 응? 석 달 됐나? 내가 쭉 지켜봤지. 너 책상 앞에 앉지도 않더라. 종일 빈둥빈둥, 매일을 그러잖아. 맨날 허송세월이라고. 작업 좀 했고, 인정 좀 받았고, 그게 다잖아, 안 그래? 너는 손을 턴 거야. 더 이상 마음속에 투지가 없다고. 그렇지? 내 말은, 사람들이 너한테 더 이상 뭘 원하느냐는 거야. 내 말 맞지? 내가 제대로 봤지?"

내 인생을 힐끗 본 게 전부인 매니는 섹스를 자기한테 필요한 모든 관점으로 취했다. 내 인생의 수송관이 새는 걸 봤고 그리로 내 영혼이 새어 나가고 있다는 것도 알았다. 그는 자기가 본 그것에 공감—그런 공감은 우리 둘을 이어줬을 뿐 아니라 달아오르게도 했다—은 했지만,

돌려 말할 줄은 모르는 사람이었다.

마흔여섯이 된 매니는 열일곱 시절처럼 마른 몸이었다. 나는 언제나 그랬듯 남아도는 7킬로그램과 싸우고 있었다. "자기야," 그는 남자들이 하는 뻔한 방식으로 내 가슴에 기대어 얼굴을 파묻고 웅얼거리듯 나를 부르더니 덧붙였다. "자긴 르누아르 그림 같아." 그런 식으로 남자들을 훅 가게 만드는 여자의 살집이라는 게 어떤 건지 알 길이 없었지만 매니가 그렇게 말할 때면 나는 어둠 속에서 안도의 미소를 짓곤 했다. 그가 내 안에서 길을 잃었으면 하고 간절히 바랐다. 나는 아직도 시간을 버는 중이었다. 뭣 때문에 시간을 버는지는 여전히 이해하지 못한 채.

*

애리조나에서 학생들을 가르치던 해에 레너드가 나를 만나러 와서 같이 그랜드캐니언으로 여행을 간 적이 있었다. 지구상에서 가장 끝내주는 풍경을 가로지르며 우리는 여기저기서 멈추곤 했다. 하루하고도 반나절쯤 지났을 무렵 어느 언덕에 올랐는데, 그곳엔 시야에서 인간의 흔적이라고는 한 점도 찾아볼 수 없는 광막한

사막이 있었다. 경계도 끝도 없이 무한히 펼쳐진 그 세상을
보니 숨이 멎을 것 같았다.

"너무 아름다워!" 머릿속 생각을 의식하기도 전에
입에서 감탄부터 터져 나왔다.

레너드는 말이 없었다.

"안 그래?" 내가 물었다.

그는 예의 그 가벼운 미소를 지어 보였다.

"그건 어떤 느낌인데?" 진심 어린 호기심에서 그가
물었다. 그는 정말로 궁금해했다.

그제야 나는 생각을 해봐야겠단 의무감이 들었다.

"들뜨지. 영혼이 충만해진 기분이고." 내가 대답했다.

말이 없다.

"넌 안 그래?" 내가 물었다.

"전혀." 레너드는 그렇게 답하더니 몸서리를 치며
덧붙였다. "나는 원초적 세계를 보면 경외감을 느껴. 실은,
두려움이지. 감동스러운 건 오히려 문명 세계의 풍경에서
그 외계外界를 밀어내려는 인간의 노력이 느껴질 때야.
자연과 함께라는 건 두려움 아니면 감사함이지. 영혼이
충만해진다니, 그럴 리가."

*

브로드웨이 위쪽에서 걸인이 중년 여성에게 다가간다. "저는 술도 안 먹고 약도 안 해요. 전 그냥……" 그가 시작을 하려 하자 여자가 그의 얼굴에 대고 "나 방금 소매치기당했다고!"라며 고함을 지르는 통에 걸인은 깜짝 놀란다. 그는 북쪽을 향해 고개를 돌리더니 윗길에 있던 패거리에게 외친다. "이봐, 보비, 이 여자는 놔둬, 방금 털렸다니까."

*

프로이트의 주요 발견들은 무의식에 대한 발견과 탐색을 통해 이루어졌는데, 그중에서도 가장 중요한 건 우리가 누구나 평생 내적으로 분열된 상태라는 것이었다. 우리는 성장하길 원하는 동시에 성장하지 않길 원하고, 성적 쾌락을 갈구하는 동시에 두려워하며, 우리 자신의 공격성―분노, 잔혹성, 타인을 모욕하려는 욕구―을 혐오스러워하면서도 그 원천이 되는 울분은 좀처럼 해소하려 들지 않는다. 고통 그 자체는 아픔의 원천인 동시에 안도감의 원천이다. 프로이트가 환자들을 대하며 가장 치유하기 어렵다고 여긴 것도 치유되길 거부하는 마음이었다.

*

한때 함께 늙어갈 수 있으리라 믿어 의심치 않았던
친구가 있었다. 에마와 나의 우정은 몽테뉴가 그의 벗
에티엔 드 라 보에티에 대해 묘사했을 법한 종류—
그러니까 영혼을 계속 정련精練해주는 우정까지는
아니었지만, 이제 와 돌이켜보면 몇 가지 중요한 면에서는
그런 구석도 있었다는 생각이 든다. 우리 우정은
애착이었다. 영혼을 정련시키지는 않았을지언정, 영혼에
단연 넉넉한 양분이 되었기에 그야말로 긴긴 세월 서로의
존재 안에서 각자의 호기심 많은 자아를 충만하게 경험할
수 있게 해준 그런 애착. 학교에서 우리는 둘 다 아주
지적인 여자애들의 전범이었다. 각자의 불안이 심어놓은
내면의 목소리들은 걸핏하면 빈정대거나 남을 판단하길
좋아했다. 우리가 처음 서로에게서 자신을 볼 수 있게
된 건 그런 무시무시한 자기방어를 적당히 내려놓기 몇
년 전쯤이었을 것이다. 이십대 때 에마가 어떤 친구에게
"누가가 아니라 **누구를**이지"라며 문법을 지적하는
걸 들었는데, 그 목소리에 묻어나던 경멸에 내가 다
움찔했던 기억이 난다. 나는 저 정도는 아니니 망정이지,
그렇게 생각했다. 하지만 나도 그랬다. 에마였든 나였든

우리 중 한 사람이 끔찍한 소리를 해서 내 목소리를
처음 에마의 그것처럼 인식하게 된 건 삼십대 때였다.
그 후 자기인식이라는 교정이 우리 사이에서 일종의
마술처럼 작용했고, 그건 그 무렵 우리 삶에서 일어난
짜릿한 사건이었다. 곧 우리는 일주일에 최소 세 번은
만나든지 얘길 하든지 해야 하는 사이가 됐다. 우정이라는
탄탄대로가 우리 앞에 끝없이 펼쳐진 것만 같았다.

　잘 모르는 사람 눈에는 나와 에마의 관계에 넘치는
이런 활기가 알쏭달쏭하기도 했을 듯싶다. 에마는
완전 부르주아였고 나는 가진 것 하나 없는 급진
페미니스트였으니까. 게다가 에마는 벌써 결혼해서 애
엄마가 됐고 대학원에도 들어갔지만, 나는 무자식에 두
번 이혼했고 프리랜서로 근근이 입에 풀칠이나 하며 살고
있었다. 하지만 이처럼 동떨어진 현실 너머에는 서로를
거부할 수 없이 끌어당기게 하는 강렬한 힘이 하나 있었다.

　함께 있으면 우리는 늘 보편적인 조건 가운데
각자가 처한 상황이 해당되는 부분들을 퍼즐처럼
하나씩 맞춰가는 듯한 기분을 느꼈다. 에마는 가족을
받아들였고 나는 가족을 거부했다. 에마는 중산층에
호의적이었지만 나는 중산층이라면 질색했고, 에마는
외로움을 두려워했지만 나는 외로움을 감내했다. 그렇게

계속 만나서 대화를 나눌수록 우리가 어쩌다 지금과
같은 사람이 되었는가를 알아내는 일이 각자에게 중요한
과업이라는 걸 더 확실히 알게 됐다. 사랑으로 인한
소진이나 일이 주는 고통, 아이들 냄새나 고독의 맛에 대해
떠들 때 사실 우린 자아를 찾는 과정에 관해, '자아가
뭐였길래?' '그게 어디에 있었는데? 어떻게 추구했고,
내팽개쳤고, 배반했는데?' 같은 말을 이해해보려고만
해도 뒤따르는 혼란에 관해 이야기하고 있었다. 이런
질문들이야말로 가장 깊은 곳에서 우리 관심을
집중시키는 것이었으니까. 우리 각자가 발견한 최우선
가치로서의 의식意識, 그것이 에마와 내가 함께 탐색한
것이었다.

이런 식의 몰입은 구체적인 일상에 추상적 사고가
맞물릴 때의 짜릿한 흥분을 양분 삼아 날마다 달마다
해마다 우리 안에서 깊어져만 갔다. 우리는 함께하는
대화 속에서 일상적인 것들에 부과된 맥락의 힘을 느꼈다.
이론에 접목되는 생활의 요소들, 그러니까 버스에서
우연히 마주칠 확률, 최근에 읽기 시작했거나 다 읽은 책,
엉망이 돼버린 저녁 파티 따위를 파고들수록 세계가 점점
더 확장되는 기분이었다. 거실에 앉아 있거나 식당에서
밥을 먹거나 거리를 걷거나 하는 나날의 일상에 서사적

동력이 더해져 관점을 형성해가는 원료가 되었다. 집을 나서지 않고도 세상만사를 꿰뚫어볼 수 있게 된 것만 같았다.

우리는 근 10년을 줄곧 이렇게 지냈다. 그러던 어느 날 우릴 묶어두던 끈이 풀려버리기 시작했다. 에마의 남편과 지독한 설전을 벌인 적이 있는데, 이 일을 계기로 에마는 내게 거리를 느꼈다. 내가 극찬한 어느 여성해방운동가의 저서를 읽고 비웃은 에마에게 나 역시 마음이 상해버렸다. 우리는 각자 새 친구를 사귀기도 했는데, 양쪽 다 대꾸할 말조차 생각나지 않는 성품의 소유자들이었다. 그해 겨울, 나는 집세도 간신히 낼까 말까 한 상황이었는데 에마가 집을 새롭게 꾸미는 데 정신이 팔려 있는 꼴을 보니 속이 뒤집혔다. 그간 모험처럼 여겨왔던 서로의 다른 환경에 새삼 신물이 났다. 아늑하던 내 아파트가 보잘것없게 느껴졌고, 에마의 상냥한 남편이 멍청이로 보였다. 우리는 대체 누구지? 그런 생각을 했던 기억이 난다. 뭘 하고 있는 거지? 그리고 왜 그걸 같이하고 있는 걸까?

실제로 삶을 빚어내는 바탕이 되었던 공감과 연민이 차츰 깎여나가면서 우리가 우정을 바친 그 마음과 영혼의 모험도 천천히, 그러나 속수무책으로 힘을 잃어가기 시작했다. 숲의 빈터를 무자비하게 뒤덮어버리는 식물처럼

우리 사이의 간극이 우리를 덮쳤다. 그 긴 세월 나를
휘두르고 신나게 하던 우정이 순식간에 소용을 다한
것처럼 느껴졌다. 하룻밤 사이 성큼 멀어져 우릴 애태우던
중심부를 떠나 소진돼버린 주변부로 이동해버린 듯했다.
관능의 열병이라도 앓는 듯, 어느 날 아침 침대에 누워
멍하니 천장을 바라보다 그렇게 생각한 기억이 난다.
그러곤 뒤에 홀리기라도 한 것처럼 깨달았다. 맞네. 이거
완전 그거잖아. 관능의 열병.

　나중에야 깨달은 사실이지만 에마와 나의 우정은
로맨틱한 사랑과 놀라우리만치 닮아 있었다. 우리
사이에서 한때 이글거리며 타올랐던 열정은 이제
그런 감각적인 매력만으로는 해소되지 않는 게 우리
내면에 많다는 걸 깨닫기 시작하자 바로 그 강렬함으로
인해 죽어버리는 에로틱한 느낌 같았다. 사실 관능적
사랑이 대체로 실패하는 이유는 감성을 충분히 나누지
못해서인데, 에마와 내가 넘치도록 나눈 게 감성이었다는
점은 아이러니였다.

　에마와의 우정에 금이 가기 시작하자 영원한 친구
따윈 없으며 오직 영원한 이익만이 있을 뿐이라던 윈스턴
처칠의 말이 떠올랐다. 물론 처칠은 세계를 향한 야심이
개인 간의 충실한 마음을 짓밟는다는 뜻으로 한 말이란

걸 알지만, 그래도 나는 그렇게 생각했던 것 같다. 처칠은 틀렸고, 영원한 이익 같은 것도 없다고. 나와 에마의 관계를 무너뜨린 건 수시로 모습을 바꾸는 우리 자신의 '이익'에 대한 배반이었다.

우리 내면세계는 유동적이고 불안정하며 변덕스럽고 언제나 전환 중인 상태라고, 윌리엄 제임스가 말했다. 그는 그런 전환들 자체가 바로 실제라고 생각했으며 경험이란 "그 수많은 전환 속에서 사는 것"이라고 결론지었다. 납득은 고사하고 이해하기도 쉽지 않은 깨달음이지만 분명 설득력이 있다. 정서적 공감에 도무지 알 수 없는 그런 변화가 일어나 평범한 날 아무 때고 결혼이나 우정, 혹은 업무 관계가 '돌연' 정말로 끝장나버리는 일을 어떻게 달리 설명할 수 있을까?

로맨틱한 사랑에서 감정을 거둬들이는 과정은 다들 익히 아는 드라마라 거뜬히 설명할 수 있는 일처럼 느껴진다. 격정이 불러온 그 강렬함에 압도된 우리는 사랑에다 변신의 힘을 부여하고, 그 사랑의 반향으로 자신이 새로워지고 심지어 온전해질 것이라 상상한다. 하지만 기대했던 변신이 실제로 이루어지지 않으면 열병과 한데 얽혀 있던 소망은 절망 속에 무너져 내린다. 사랑하는 사람 곁에서 이해받았다고 느꼈던 그 짜릿한 경험은 벌거벗겨진 상태가 되었다는 불안감으로 서서히 변해간다.

우정이든 사랑이든, 핵심은 사랑하는 이가 존재할 때 (최선의 자아까지는 아니더라도) 표현하는 자아가 꽃을 피우리라는 기대다. 모든 것은 그 활짝 핀 자아에 얹힌다. 하지만 각자의 내면에 있는 그 불안한 것, 유동적인 것, 변덕스러운 것이 우리가 가장 원하는 것이라고 생각했던 바로 그 만개한 자아를 꾸준히 갉아먹고 있다면 어떡해야 할까? 실은 표현을 하고 싶어하는 자아라는 가정 자체가 환상이라면? 안정적인 친밀감에 대한 열망이— 그보다 더하진 않더라도 그에 못지 않게 무진장한— 불안정해지려는 열망에 끊임없이 위협을 받는다면? 그럼 어떡해야 하는 걸까?

*

어느 여름날 정오, 14번가를 지나다 빵빵대는 차들과 할인 상품을 사러 나온 이들, 시내 횡단 버스를 타려는 사람들 사이에서 우연히 빅터를 만났다. 빅터는 몇 년째 나와 같은 동네에 살고 있는 우울한 치과의사다. 시저컷을 한 머리에 갈색 눈이 슬퍼 보이는, 크고 홀쭉한

이 예민한 남자는 억지로 미소를 짓는 버릇이 있다. 그는 나를 만나기만 하면 나른하게 속닥거린다. "자기, 우리 예쁜 숙녀분, 자아알 지내요?" 그런 다음 언제나 궁금하고 걱정스러운 상태인 엄마처럼 내 얼굴을 빤히 들여다보다가는 나긋나긋한 투로 묻는다. "아직 글 써요, 자기?" 몇 년 전부터 빅터는 마음의 평화를 찾겠다고 주기적으로 일본 여행을 떠나기 시작했다. 거기 가서 자기에게 뉴욕에서 매일 아침 침대를 박차고 일어날 힘을 선사해준 선禪 치료사를 만나 가르침을 받는단다. 빅터도 이제 예순은 됐을 것이다.

여기 14번가 한복판에서 콘에드Con Ed* 비상 대피 훈련 소리가 귓가에 요란하게 울려 퍼지는 와중에 그가 내게 나지막이 중얼거린다. "우리 자기, 예쁜 숙녀분, 잘 지내나요? 아직 그 건물에 살고?"

"네," 내가 대답한다.

"아직도 신문 일 하고?"

"아뇨, 빅터 씨, 요즘은 학생들 가르쳐요."

그는 '어서 털어놔봐요'라고 말하듯 내 쪽으로 턱을 까딱한다.

---

* 뉴욕시에 전기·통신 서비스를 제공하는 에너지 기업.

그래서 털어놨다. 빅터는 내 입에서 속사포처럼
쏟아져 나오는 말들을 유심히 들으며, 내가 이 대학가
저 대학가를 몇 달씩 옮겨 다니고 사는 동안 영혼을
상실해온 이야기에 시종 고개를 주억거린다.

"유배였어요! 그야말로 유배나 다름없었다니까요." 나는
부르짖고 만다.

빅터는 고개를 끄덕이고 또 끄덕인다. 그의 갈색
눈이 고통으로 촉촉히 녹아든다. 그는 내 말을 정확히
알아듣는다. 아, 정말이지 세상에 내 말뜻을 그보다
잘 알아주는 사람은 영영 아무도 없을 것이다. 빅터는
꿈을 꾸듯 아련한 표정이 된다. 내 안색도 적당히
누그러진 느낌이 들기 시작한다. 자동차 브레이크 소리가
끼익거리고, 사이렌이 창공을 가르고, 콘에드 훈련이
중단됐다가 재개되기를 반복한다. 아무래도 상관없다.
빅터와 나는 이제 이 소음의 섬에 격리됐다. 영혼의
문제들에 마음을 빼앗긴 채.

"그래도 그거 알아요, 자기?" 빅터가 여리디여린 말투로
말한다. "알고 보니 바깥세상엔 사랑이 넘치더라고요."

"아, 그렇죠." 잽싸게 대답하다 문득 내 집요한 비관이
어쩌면 여기저기 해를 끼치고 있는 건지도 모르겠다는
생각이 든다.

"사랑이 넘쳐요." 그가 경건한 말투로 다시 말한다.

"그럼요, 그렇고말고요." 나도 맞장구를 친다.

콘에드 훈련이 다시 시작된다.

"그러니까, 다들 마음을 쓴다고요." 빅터의 얼굴이 환해진다. "정말 그래요."

이제 자꾸만 고개를 주억거리게 되는 건 내 쪽이다.

빅터는 내 팔에 손을 얹고 몸을 기울이며 내 눈을 가만히 들여다보더니 자기 지혜를 일러준다.

"자기야, 그냥 흘려보내야 하는 거예요." 그가 내 귓가에 속삭인다.

그래, 맞아요, 그거죠, 무슨 말인지 딱 알아요.

"다 흘려보내자고요."

\*

9·11 이후로 도시 전체를 에워싼 뭐라 말할 수 없는 분위기는 좀처럼 가실 줄 몰랐다. 몇 주가 지나도록 동네는 텅 비고 혼란스러웠으며 뿌리째 뽑혀버린 듯했다. 사람들은 넋이 나간 표정으로 돌아다니는데, 마치 이름 붙일 수 없는 무언가로 인해 끝없는 혼란에 휩싸인 모습이었다. 냄새가 으스스했다. 그 누구도 정확히 묘사할

수 없었지만 콧구멍으로 공기를 들이마시면 불안이 느껴졌다. 그리고 내내 이 세상 것이 아닌 듯한 고요가 사방을 뒤덮었다. 식당이며 극장이며 박물관이며, 온갖 가게와 교통수단과 군중 자체가—그 모든 게 소리도 기력도 없을뿐더러 움직일 수조차 없는 듯이 보였다. 뉴욕에서 찍은 영화를 좋아했던 남자는 그런 영화만 나왔다 하면 텔레비전을 꺼버리게 됐다. 매일 지나는 가게 앞에 진열된 뉴욕 사진들을 보는 걸 좋아했던 여자는 이제 그 가게 앞을 지날 때마다 멈칫했다. 사진들은 '예전' 같고, '예전' 것이라면 뭐가 됐든 편치가 않더라는 것이다.

그 운명의 날로부터 6주 전엔가 어느 온화하고도 쾌청한 저녁 나는 브로드웨이를 가로질러 걷고 있었다. 아마도 70번가 어디쯤이었을 것이다. 절반쯤 건넜는데 신호가 바뀌었다. 나는 섬처럼 대로를 가르는 안전지대에 멈춰 섰고 누구나 그러듯 차량 행렬이 잠시 끊기는 틈을 타 무사히 무단횡단을 해보려고 멀리 도로를 내다봤다. 하지만 차량 행렬이랄 게 없었다. 단 한 대도 눈에 띄지 않았다. 내 기억에, 언젠가 눈보라가 몰아쳤던 때를 빼면 브로드웨이는 한 번도, 단 한 순간도 차가 다니지 않은 적이 없었다. 다른 시대에서 튀어나온 풍경 같았다. 꼭 그 사진 같네, 베러니스 애……라고 생각하려는 찰나에

생각이 저절로 끊겼다. 베러니스 애벗*의 사진 속에 아직
살아 있는 오래전 그 뉴욕에 대해 연민을 느낄 권리와
나 사이에 무슨 치명적인 단절이 생겨버리기라도 한
것처럼. 그날 밤 나는 이 슬픔과 충격의 시절을 관통해
뉴욕이라는 도시로부터 빠져나가고 있던 것의 정체를
깨달았다.

인간의 경험이 헤아릴 수 없는 극단으로 치닫고 문명의
종말이 다가올 때, 믿을 구석은 오직 냉엄한 진실뿐이다.
나는 그런 진실이 1950~1960년대 프랑스나 이탈리아
소설가들이 쓴 미니멀리즘적인 글에 봉인돼 있음을
깨달았다. 그런 산문 속에 갇혀 있던 소름 끼치는 내적
성찰이 바로 이곳, 사방을 뒤덮은 침묵 안에서 울려
퍼지며 본질적으로 심각한 도덕적 혼란을 예고하는
중이었다. 그래, 그렇지, 독자는 느낀다. 과거에 어떠했든
지금은 이런 거라고.

브로드웨이 도로 한복판에 서서 나는 우리가 잃어가는
게 무언지 깨달았다. 그것은 노스탤지어였다. 그러자
전후戰後 소설들의 심장부에 있었던 게 바로 이거구나
하는 생각이 들었다. 그 소설들에서 빠진 건 감상이 아닌

* 미국의 사실주의 사진가로 양차 세계대전 시기 인물 사진과 뉴욕 풍경
을 담은 작품으로 유명하다.

노스탤지어였다. 현대 유럽 산문의 심장부에 자리한 그
차갑고 순수한 침묵은 다름 아닌 노스탤지어의 부재다.
역사의 끝에서 갈망도 후회도 없이 있는 대로 '있음'을
응시하고 선 자기를 지각할 수 있는 이들에게만 허락된
부재. 지금 여기, 9·11 이후의 뉴욕에서 나는 영원히
전후가 되어버린 남겨진 세계와 나란히 선 채 잠시나마 그
차갑고 고요한 순수를 응시하고 있었다.

*

  미드타운에서 친구를 만나기로 하고 약속에 늦은 나는
열차가 14번가 역으로 진입하던 바로 그 시각 지하철역
계단을 뛰어 내려가고 있었다. 문이 열리고 내 앞에 서
있던 (티셔츠와 청바지 차림에 크루커트 머리를 한) 젊은
남자가 정교한 접이식 유아차를 등에 메고는 꼬마 아이의
손을 붙들고 앞에 보이는 좌석으로 향한다. 남자의
맞은편에 털썩 자리를 잡고 앉아 책과 돋보기안경을
꺼내고 자리를 정돈하는데, 그가 등에 메고 있던 접이식
유아차를 벗은 뒤 자리에 앉은 아이를 향해 몸을 돌리는
모습이 언뜻 보였다. 그러곤 고개를 들었다. 그 작은
사내아이는 일고여덟 살쯤 된 것 같았는데, 살면서 그렇게

흉측한 기형아는 처음 보았다. 엘리펀트 맨*을 연상시키는 기이한 형태의 커다란 머리에다 얼굴은 가고일**처럼 한쪽으로 비뚤어진 입에 눈도 짝짝이였다. 아이의 목에 감긴 가느다란 흰 천 사이로는 짧고 통통한 튜브가 달려 있었다. 아이의 목에 연결된 것 같았다. 이내 아이가 농인이기도 하다는 걸 알 수 있었다. 남자가 곧바로 수어를 하기 시작했으니 내가 맞게 본 거였다. 처음에 아이는 남자가 손가락을 움직이는 모습을 물끄러미 바라보더니 곧 자기 손가락을 따라 움직이며 반응을 보이기 시작한다. 남자가 손가락을 점점 더 빨리 움직이기 시작하니 아이의 손가락도 빨라지고, 몇 분쯤 지나자 둘의 손가락이 같은 속도로 복잡하게 움직인다.

처음엔 두 사람을 계속 처다보게 되는 게 민망해서 자꾸만 시선을 거두려 해보았지만, 둘이 주변을 전혀 의식하지 않는다는 게 워낙 명백해서 자꾸만 책에서 눈을 들어 그쪽을 보게 됐다. 그러다 놀라운 일이 벌어졌다. 아이의 반응이 활기를 띠면―비뚤어진 작은 입이 활짝

---

* 얼굴을 비롯한 전신의 기형으로 '엘리펀트 맨Elephant Man'이라고 불리며 세상에 전시되었던 조지프 캐리 메릭의 이야기는 데이비드 린치의 영화와 크리스턴 스파크스의 소설로 잘 알려졌다.
** 고딕 양식 건물 지붕에서 주로 볼 수 있는 괴물 석상.

웃고, 나란하지 않은 두 눈이 반짝이면—남자의 얼굴에도 기쁨과 애정이 가득 번졌고, 그러면 아이의 모습도 다르게 보이기 시작했다. 몇 정거장을 지나는 동안 남자와 아이는 서로의 대화에 점점 더 빠져들었고, 손가락이 날아다니는 사이 둘은 서로 고개를 끄덕이며 웃음을 나눴다. 나는 이런 생각이 든다. 저 둘은 굉장히 높은 차원에서 서로를 사람답게 만들고 있구나.

59번가에 다다를 때쯤 내 눈에 비친 소년의 모습은 아름다웠고 남자는 더없이 행복해 보였다.

*

엄마가 심장 수술을 받았다. 수술을 받고 나온 엄마는 평온한 상태를 유지했는데, 나는 그때까지 엄마에게 그런 구석이 있는지 전혀 몰랐다. 목소리에선 비판과 불평이, 얼굴에서는 불만이 사라졌다. 엄마에게는 모든 게 흥미로운 일이 되었다. 버스에 무사히 올라타고, 두 뺨에 햇살이 비치는 것, 입에 빵을 넣는 것까지도. 버스를 타고 동네를 가로지르기 전 들른 식당에서 엄마는 커피를 홀짝홀짝 음미하며(보통은 뜨겁질 않다고 투덜거렸는데) 다진 채소로 소를 채운 페이스트리를 먹는다. 엄마는 등을

기대고 앉더니 나를 보며 빙그레 웃는다. 그러곤 탁자 위로
몸을 숙이며 감격스럽다는 듯 표명한다. "이때까지 살면서
먹어본 치즈 대니시 중에 최고다."

우리는 그 식당에서 나와 버스 정류장까지 걷는다.
"여기쯤 서 있자." 엄마가 정류장 표지판에서 몇 걸음 더
간 지점을 가리키며 말한다. 그러고는 설명을 덧붙인다.
"운전기사가 꼭 표지판을 지나쳐서 여기에 버스를
세워대서 맨날 화가 났었어. 왜 그러는지 도대체 알 수가
있어야지. 근데 이제 알겠더라. 표지판 있는 데 서는
것보다 나 같은 사람 내리라고 계단을 여기다 펴주는
게 실지 그 사람한텐 더 쉽더란 말이지." 엄마는 웃으며
말한다. "요사이 알게 됐는데 화를 안 내니까 화낼 때보다
생각이 더 많아져. 인생이 재밌어지는 거지."

하마터면 울 뻔했다. 내가 이제껏 바란 것도 엄마가
나와 함께 살아 숨 쉬는 걸 기뻐해주는 것 하나였는데.
엄마가 진작 그랬더라면 나도 내면이 온전한 사람으로
성장했으리라고, 나는 여전히 확신한다.

"생각해봐." 나는 레너드에게 말한다. "그 나일 자셔도
여전히 나한테 이럴 수 있다니."

"놀라운 건 어머님 연세가 아니라, 네 나이지." 레너드가
답한다.

한 달 전쯤 배터리파크시티의 산책로를 걷다가 어느
중년 커플 곁을 스쳐 지나간 적이 있다. 여자는 흑인이고
남자는 백인이었는데, 둘 다 반백의 머리에 턱선은
울퉁불퉁했다. 손에 손을 잡고 진지한 대화를 나누며
사랑하는 사이에만 주고받을 법한 질문들에 대한 답을
구하는 눈길로 서로의 얼굴을 더듬고 있었다. 그 모습을
바라보다 문득 이 도시엔 이제 피부색이 다른 중년 커플이
꽤 많다는 생각이 들었다. 작년쯤부터는 동네 곳곳에서
그런 커플을 많이 마주쳤다. 흑인 남자와 백인 여자 혹은
백인 남자와 흑인 여자, 대부분은 사오십대였는데 이제 막
가까워지기 시작한 사이란 게 훤히 보였다. 흑인과 백인이
서로에게 현실이 되기까지 얼마나 오랜 시간이 걸리는지가
새삼 떠올라 가슴이 뭉클했다.

＊

오전 열 시, 동네 공공도서관에서 책을 빌리려고
줄을 서 있는데 쇠약해 보이는 내 또래 여자가 갑자기
대출 데스크 모서리를 붙잡더니 가만히 멈춰 선다. 나는

그대로 줄을 선 채 몸을 앞으로 숙이며 그 여자를 부른다. "괜찮으신가요?" 그러자 그 여자가 해쓱한 얼굴로 이쪽을 보더니 날 향해 빽 쏘아붙인다. "괜찮으시냐니 그런 건 왜 묻고 난리예요?"

정오엔 길모퉁이에서 신호가 바뀌길 기다리다 바닥을 내려다본 순간 누군가의 신발이 눈에 들어왔다. 예쁘지만 복잡하게 생겼다. "그 신발 편한가요?" 신고 있는 젊은 여자에게 묻는다. 여자는 뒤로 물러서서 의심스러운 눈초리로 나를 보더니 경계심 가득한 목소리로 대꾸한다. "그건 왜 물어보시는데요?"

오후 세 시, 한 남자가 허공에 대고 고함을 지르고 있다. "도와주세요! 도와줘요! 불치병을 네 개나 앓고 있답니다! 도와주세요!" 그 옆을 지나던 나는 남자의 어깨를 톡톡 두드리고는 명랑하게 일러준다. "불치병이라고 해요." 남자는 한 치의 망설임도 없이 맞받는다. "씨발 누가 물어봤냐고."

인생의 무작위성이라는 게 다 그런 법이라 며칠 뒤 나는 또 '씨발 누가 물어봤냐고' 소릴 듣게 된다.

시내를 가로지르는 버스를 탄 나는 통로 쪽 좌석에 자리를 잡았다. 한 남자—대충 사십대로 보이는 흑인으로, 청바지에 헐렁한 노란색 티셔츠를 입고 있다—가 내 옆에서 쩌렁쩌렁하게 통화 중이다.

나는 그에게 눈길을 보낸 뒤 '목소리 좀 낮추라'는 손짓을 한다. 남자는 어이없다는 표정이다.

"목소리 낮추라고요?" 그러더니 말 같지도 않은 소리라는 듯이 덧붙인다. "그렇겐 못해요, 아줌마. 나는 목소리 절대 안 낮춰. 나도 요금 냈으니 나 꼴리는 대로 하게 두쇼."

"요금은 버스에 타도 된다는 뜻이지, 다른 승객들을 인질로 잡아도 된단 얘기가 아니에요." 내가 맞받아친다.

"그래서 뭐, 이 년이." 그가 고함을 지른다.

자리에서 일어난 나는 기사에게로 향한다. "방금 저 남자가 저한테 하는 소리 들었어요?"

"네, 저도 들었습니다." 넌덜머리가 난다는 말투다.

"뭐라도 조치를 취해줄 건가요?" 나는 요구한다.

"어떻게 해드릴까요? 경찰에 신고라도 해요?"

"이 년, 이 백인 년이." 남자가 전화기를 든 채로 악다구니를 쓴다.

"그러죠, 경찰 불러요." 내가 말한다.

버스가 천천히 선다.

"다들 내리세요." 기사가 외친다.

뒤쪽에 있던 여자가 투덜거린다. "병원 가야 되는데

늦었다고!"

경찰들이 나타나서는 내 얘기에 콧방귀를 뀐다.

나는 집으로 돌아가 사건을 기록해 『타임』 지에
이메일을 보낸다.

이틀 뒤 전화벨이 울리고 신문사에서 일한다는 남자가
말한다. "이걸 신문에 내라는 말인가요?"

*

1883년 코네티컷 뉴런던의 부유한 개신교 가정에서
태어난 메리 브리턴 밀러는 커서 소위 '짝 없는' 여자들의
일원이 되었다. 이유야 누가 알겠는가. 그의 어린 시절은
그야말로 뻔한 통속극 같아서, 세 살에 고아가 됐고, 열네
살에 쌍둥이 자매가 익사했으며, (짐작이지만) 열여덟
살에는 혼자 아이를 낳았던 것 같다. 하지만 수많은 경험
가운데서도 몇몇 특정한 경험에 의해서만 형성되기 마련인
어떤 예민한 감각은 뭐라 설명할 수 있을까? 혹은 그런
문제에 있어서, 수많은 사건 중에서도 특정한 일련의
사건들만 경험이 되는 이유는 또 어떻게 설명할 수 있을까?
어찌됐든 분명한 건 종국에 모든 것이 밝혀지고 나면
누구라도 "내가 생각했던 건 이게 아닌데!" 하며 속으로

깊이 놀라기 마련이라는 것이다. 그리고 필연적으로, 그 놀란 마음은 우리의 소재가 된다.

내면 상황의 진실이 어떠했든, 1911년 스물여덟 살이던 메리 밀러는 뉴욕시에 정착한 이래 긴 여생의 대부분을 홀로 일하며 지냈다. 1975년 그가 숨을 거둔 곳도 40년 넘게 살았던 그리니치빌리지의 아파트였다. 평생 결혼을 하지 않았고 알려진 바로는 연인도 없었던 것 같다. 그에게는 친구들이 있었는데 몇몇 친구는 그를 익살맞고도 심술궂고, 도도한 모습이 유쾌하며, 늘 스스로 공부하는 모습이 인상적이었다고 표현했다.

메리 밀러는 한동안 관습적인 시와 단편을 발표했지만 별다른 주목은 받지 못했다. 그러다 예순셋이던 1946년부터 예순아홉이 되던 1952년까지 이저벨 볼턴이라는 필명으로 발표한 모더니즘 소설 세 편이 출간되면서 그길로 문단에서 엄청난 주목을 받았다. 에드먼드 윌슨이 『뉴요커』에서 그의 작품을 극찬했고 다이애나 트릴링은 『네이션』에서 호평했다. 두 비평가 모두 역대급 신인이 나타났다고 생각했다.

온통 목소리로 가득한 소설은 플롯이랄 게 거의 없다시피 한 작품이다. 독자는 한 여자—모든 작품에 등장하는 여자는 본질적으로 동일 인물이다—의

머릿속에 거하면서, 뉴욕에서 하루(혹은 며칠)를 보내며
사색에 잠기고, 생각하고, 회상하고, 내면의 풍경을 닮아
자유롭고 반짝거리고 몽상적인 산문을 통해 여자의
인생을 헤아려보려 한다. 행동은 늘 멀찍이 떨어진
곳에서나 일어나고 있고, 중요한 것은 몽상이다. 첫
소설의 배경은 1939년이고, 밀리센트라는 사십대 여성이
등장한다. 두 번째 소설의 배경은 1945년이며, 힐러라는
오십대 여성이 나온다. 세 번째 소설의 배경은 1950년이고,
마거릿이라는 팔십대 여성이 나온다. 소설 속 이들의
삶에는 똑똑하고 유식한 뉴요커들이 곳곳에 포진해
있고, 인물들은 여기저기서 산발적으로 등장하며, 주인공
옆에는 꼭 젊은 남자가 희한하게 달라붙어 있다. 그러나
여자는 진정 혼자고, 평생 혼자였다. 그럼대도 세 편의
이야기에서 여자가 그나마 인생과 흥정을 할 수 있는 건
사랑할 도시가 있기 때문이다. 그의 도시 사랑법은 이렇다.

도시는 얼마나 이상하고 또 환상적인가. (…) 여기엔
지구상 어떤 곳에서도 경험한 적 없는 게 있었다.
열렬히 사랑했던 것. 그건 뭐였을까? 길 건너기,
그러니까 군중과 함께 길모퉁이에 서 있는 일. 감각에
와닿는 이 특별한 공기를 만들어내는 그건 뭐였을까?

(…) 이 모든 사람과 여기 이 이상한 곳에 함께 있을
때 느끼는 친밀함과 정다움이라는 특정한 감각 (…)
사람들이 다정하게 마음을 어루만져주면 정말로 날개를
퍼덕이며 나는 느낌이 들기도 했다. 그들의 얼굴을
구석구석 살피고 그들에게 예정된 종말과 운명을
헤아려보면서.

자아와 도시의 이런 관계는 볼턴의 진정한 화두이자
그의 시도에서 특히 모더니스트적인 면모를 보여주는
대목이다.

차로 여기저길 누비고 다녔고, 정기 여객선에도 올랐고,
치프나 수퍼치프 열차*로 대륙을 횡단하기도 했다.
(…) 공포와 정겨움으로 가득한 현재의 순간, 그리고
매일같이 그런 기이한 강렬함을 경험한다는 것.
자기가 어떤 사람이고 뭘 하는 사람인지, 다음번까진
또 어떤 사람이 되어야 할지를 수시로 궁금해하고
(…) 천국을 그토록 갈망하던 심장은 단박에 알았다,
도무지 채울 길 없이, 텅 빈 상태로 (…) [그래도]

* 각각 1920년대, 1930년대에 미국 서부를 횡단하는 샌타페이 철도를 달
리던 디젤 기관차.

뉴욕에서라면 무슨 일이든 얼마든지 일어날 수 있다는 걸. 거대한 크리스마스트리처럼 환하게 불을 밝힌 채 반짝이는 선물들을 하염없이 나눠주는 이 눈부신 도시. (…) 물론 그걸 우리 영혼의 타고난 분위기라고 할 순 없을 것이다. (…) 사람들은 자연스러운 온기와 다정함을 갈망했지만 [그런 것들은] 한담이나 분석, 그러니까 쓸데없이 복잡한 언술에 녹아 없어져버린 듯했다. 허기가 있었고, 어마어마한 호기심이 있었고, 고독이 있었다. (…) 그러면서도 이토록 설명할 길 없고 이토록 갑작스러운 순간들―이를테면 느닷없이 사랑이 덮쳐오는 순간들이 있었다. 그런 순간은 저만치 공중에 걸린 마천루 불빛들이 머리 위에서 깜박거리는 겨울 저녁이면 버스에서든 북적대는 공연장에서든 어디에서고 찾아오곤 했다. (…) 군중에 섞여 들어 그 얼굴들을 찬찬히 살펴보는 일. 이 우애의 감각. 외로움은 그 안에 묻어두었다.

이것이 볼턴에게 "미쳐 돌아가는 일들이 줄줄이 밀려드는 와중에도 뚜벅뚜벅 걸어나가본 적이 있는 가장 고독한 개인"이 된다는 것이 무엇인지를 알게 해준 외로움이었다.

다음 순간 볼턴은 역설적인 상황을 맞닥뜨린다. "세상에, 우리는 우리 자신의 혼자 됨을 얼마나 사랑했던가. (…) 우리가 베풀지 못한 건, 우리 자신을, 우리의 고독한 영혼을 위해 움켜잡고 낚아채고 그러모을 것들이 뻗으면 닿을 거리에 널려 있었기 때문이다."

이 글을 쓸 당시 볼턴은 칠순이 다 됐었다. 번잡한 도시의 아름다운 단절 속에 비친 현대의 삶—말로 다 못 할 엄청난 자유가 있는 그 삶이 다른 시대가 한 적 없는 방식으로 우리에게 우리 자신을 보여주었다는 걸 알 만큼 오래 산 것이다. 볼턴 역시 프로이트가 알았던 걸 알고 있다. 외로움은 우리에게 고통을 안겨주지만 불가해하게도 우리는 그 외로움을 포기하길 망설인다. 심리적 시간 속에서 우리는 단 한 순간도 모순으로부터 자유로울 수 없다. 그야말로 갈등 간의 갈등이다. 이것이 볼턴의 통찰이자 유일한 깨달음이었다. 1940년대 말 그가 이 글을 썼을 때 교양 있는 독자들은 그 심오한 울림을 들었다.

*

도시의 군중에 관해 쓴 19세기 가장 위대한 작가

둘은 찰스 디킨스와 빅토르 위고였다. 두 사람은 급속히
발달되어가던 대도시 런던과 파리에서 군중의 의미를
각자 나름의 방식으로 일찍이 파악한 작가들이었다.
디킨스는 특히나 그 중요성을 이해하고 있었다. 시야를
빠르게 벗어나는 여자나 남자를 보기—다시 말해 얼굴의
절반만, 표정의 부분만, 몸짓의 일부만 인식 가능한
각도에서 그 사람의 존재를 감지하기, 그런 다음 그렇게
물밀듯 밀려드는 인간의 부분들에 어떻게 반응할지를
재빨리 결정하는 일. 이것이 사회 역사에서 급진적인
변화를 만들어내고 있었다.

　19세기의 여느 작가들이 보았던 것을 빅토르 위고도
보았고, 발터 벤야민의 표현대로 군중만큼 관심받아
마땅한 주제는 없음을 그는 잘 알았다. 벤야민에 따르면
군중은 "독서 능력을 습득한 (…) 대중의 모양새를
갖추어가는 중"이었고, 위고는 예리한 통찰로 그들이
"중세 후원자들이 회화에 그랬듯 동시대 소설 속에
묘사되고 싶어하는" 유의 책 구매자로 변모해가는 중임을
알아차렸다.

　빅토르 위고에 대한 벤야민의 이 같은 언급은 그가
보들레르에 대해 쓴 유명한 에세이*에 나온다. 보들레르는
벤야민에게 결정적인 작가였다. 그는 보들레르의 작품에서

산보객flaneur이라는 개념을 발전시켰다. 산보객이란 대도시의 거리 곳곳을 정처 없이 거니는 사람을 뜻하는 말로, 목적을 가지고 분주히 움직이는 군중과 면밀히 대비된다. 미래의 작가로 변신할 사람은 바로 산보객이라고 보들레르는 생각했다. 그는 이렇게 썼다. "우리 중 누가 호기롭던 시절 시적 산문이라는 기적을 꿈꿔보지 않았겠는가. (…) [시적 산문은] 영혼의 서정적 동요, 꿈의 파동, 의식의 충격에 적응[할 것이다]. 이런 이상은 (…) 특히 거대 도시와 그 안의 무수한 상호연결망에 친숙한 이들을 사로잡으리라." 벤야민에 따르면 보들레르가 늘 의식하는 이들 군중의 존재는 "보들레르의 어떤 작품에서도 기준 역할을 한 적이 없지만, 그의 창조성에는 숨은 인물로서 각인되어 있다".

11월의 어느 아침 나는 5번 애비뉴를 지나 차갑고도 강렬한 햇빛 속으로 곧장 걸어 들어가는 중이다. 인파가 나를 향해 밀려온다. 한때 이 군중을 지배하던 색은 흰색이었지만 지금은 검은색과 갈색이다. 이들이 블루칼라 아니면 화이트칼라를 입던 시절도 있었지만 지금은 다 다른 옷이다. 한때는 준법정신이 투철했지만 지금은

---

* 『샤를 보들레르: 자본주의 전성기 시대의 시인Charles Baudelaire: ein Lyriker im Zeitalter des Hochkapitalismus』을 말한다.

아니다. 표현은 달라졌지만, 성격은 그대로다. 가끔은
청바지와 파카 차림으로 맞춰 입은 군중 속에 뒤섞여
있는 어떤 얼굴과 몸을 본다. 그것들은 홀쭉한 얼굴, 미색
피부에 윤기가 흐르는 모피를 걸치고 있는가 하면(1983년
파리) 까무잡잡하고 위태로워 보이게 스페인령 섬에
있고(1952년 쿠바) 가느다란 까만 눈에 영원불멸이기도
하다(기원전 4000년 이집트). 그리고 나는 군중의
영속성을 떠올린다. 뉴욕은 나의 도시인 만큼이나 그들의
도시이지만 어느 누구도 이 도시를 더 가지진 못한다.
우리가 이곳 5번 애비뉴에 와 있는 건 다 같은 이유 같은
권리에서다. 우리는 모두 세계 각지의 수도에서 길을
끝없이 걷고 또 걸었다. 배우와 점원과 범죄자, 반체제
인사와 도망자와 불법체류자, 네브래스카 게이들과 폴란드
지식인들, 그리고 시간의 경계에 선 여자*들까지. 이들
중 절반은 화려한 빛이나 범죄와는 무관하게 살아갈
테지만─월스트리트 안으로 사라져버리든 퀸즈로
숨어들든─나머지 절반은 나 같은 사람, 그러니까 도시를
걷는 자가 될 것이다. 누군가의 창의성에 또렷이 각인될,
끝없는 군중의 끝없는 행렬에 이렇게 합류하게 될 것이다.

* 마지 피어시의 페미니즘 디스토피아 소설 『시간의 경계에 선 여자Woman
on the Edge of Time』에서 차용한 표현이다.

레너드랑 어느 책방 앞을 지나는 중이다. 창에 책이
진열돼 있었는데, 아는 여자가 쓴 성형수술에 관한 책이
보였다.

　　"저 여자 마흔둘밖에 안 됐어. 근데 왜 성형수술 책을
쓸까?"

　　레너드가 대꾸한다. "일흔일 수도 있지. 넌 대체 아는 게
뭔데?"

*

　　내가 아는 한 작가(앨리스라고 해두자)는 몸이
쇠약해지는 바람에 여든다섯에 쓰러졌다. 머리부터
발끝까지 관절염이 온몸을 덮쳐 거동이 불편해진 그는
맨해튼 북부의 어느 노인요양시설에 들어갈 수밖에
없었다. 방 백여 개와 편의시설이 완벽히 갖춰진 공동
휴게실, 환하고 산뜻한 식당을 갖춘 그곳은 안락하고
마음에 들었다. (당시로서는) 훌륭한 수준의 돌봄이
제공되어, 처음엔 꿈의 공간처럼 보였다. 거동이 불편해진
귀한 양반이 도움이 필요해졌을 때 살뜰한 관심을 받을

수 있는 곳. 그러나 연방정부의 자금이 잔뜩 투입된 이 시설은 개발사에서 운영했다. 그 말은, 계급·재산·교육 수준이 제각각이어도 그곳에서 통용되는 최저 수준의 문화를 받아들여야만 한다는 뜻이었다. 그곳에 누워 있는 건 상해버린 꿈에 관한 이야기였다.

나보다 스무 살쯤 많은 앨리스는 나와 안면을 트기 전부터 이미 30년째 유명 작가였다. 대학 시절 나는 친구들과 그가 쓴 소설을 재밌어하고 감탄스러워하며 읽었다. 그는 매력적인 사람이기도 했다. 근사한 머리 모양에 옷도 착착 잘 골라 입는 늘씬한 여성이었고, 잘생긴 남편에 햄프턴스의 주택과 다코타의 아파트도 있었다. 앨리스와 알고 지내게 된 건 그가 여든이 다 됐을 무렵으로, 그땐 그의 운명이 완전히 뒤집힌 상태였다. 책은 더 이상 나오지 않고, 남편을 떠나보낸 그는 여성 전용 주거시설에 살고 있었다.

나와 앨리스의 우정은 공유된 감성보다는 복잡한 정서적 욕구에 기반을 둔 특이한 종류의 우정이었다. 만난 지 얼마 되지도 않아 사실 그를 좋아하지 않는다는 걸 깨달았다. 앨리스는 빈틈없는 사람이었고, 정신력도 여전했으며, 대화를 나누고 싶어하는 욕망도 예전만큼이나 생생했다. 나를 정 떨어지게 만든 건 그의 태도(오만함),

정치관(보수적), 문학적 취향(어중간함)이었다. 우리 둘 다 성미가 불같아서 대화는 의견이 갈리면 언성이 높아지는 말다툼으로 치닫곤 했고, 나는 죄책감과 수치심을 안고 귀가하는 날이 많았다. 그래도 우린 서로를 줄곧 친구로 여겼다. 그는 자기가 누구인지 아는 대화 상대를 간절히 원했고, 나는 한때 내게 무척 중요했던 작가에게 계속 경의를 표하고 싶은 마음이 간절했다.

앨리스가 노인 요양시설에 들어간 지 2주가 지났을 때 면회를 갔다. 연노란색 페인트칠이 되어 있고 화사한 소파가 놓인 로비에는 얼굴이 축 늘어진 여자들 남자들이 여기저기 힘없이 나른하게 앉아 있었지만—불길하네, 순간 그런 생각이 뇌리를 스쳤다—앨리스가 배정받은 방은 근사했다. 빛이 가득 쏟아져 들어오고 뛰어난 안목으로 들여놓은 가구들이 있는 그곳은 완벽해 보였다. 모든 게 손 닿는 곳에 보기 좋게 놓여 있었다. 하지만 정작 앨리스 본인은 끊임없는 고통에 시달리는 여자처럼 보였다. 내가 안부를 묻자 그는 10분쯤 뒤에 이렇게 말했다. "이만하면 됐지." 그 말은 진심이었다. 곧이어 우리는 언제나처럼 책이며 지인들이며 그날의 헤드라인 따위에 대해 노닥대기 시작했다. 다섯 시 반이 되자 그가 말했다. "저녁 먹을 시간이군." 나는 그를 부축해 의자에서 일으켜 세운 뒤 지팡이를 건넸다. 함께 방을 나서면서 훤칠하고 품위 있고 옷도 잘 차려입는 그가 유난히 주변을 경계한다고 생각했던 기억이 난다.

식당 출입문이 열렸고 나는 좀 충격을 받았다. 그곳엔 온통 휠체어, 보행 보조기, 지팡이가 가득했고 그것들을 붙들고 있는 사람 대부분은 아까 로비에서 봤던 이들과 마찬가지로 축 늘어진 얼굴에 입을 반쯤 벌린 모습이었다. 홀 자체는 페인트 색이며 가구며 경쾌했지만, 그곳엔 방기돼버린—심지어 구차한—기색마저 감돌았다. 단지 늙고 거동이 불편해졌다는 이유로 한곳에 내던져진 이들의 구차함이었다.

앨리스는 말없이 6인석 자리의 빈 의자 두 개로 나를 데리고 갔다. 나머지 네 자리는 남자 둘과 여자 둘이 차지하고 있었는데 다들 아무런 말이 없었다. 우리가 자리에 앉으니 그들의 얼굴이 환해졌고, 한 남자가 말했다. "오, 앨리스 씨 오셨네. 이분이라면 그 문제에 대해 뭐가 맞고 뭐가 틀렸는지 알려줄 겁니다."

그 문제라는 건 애피타이저 얘기였다. 얼룩덜룩한 문양의 보라색 폴리에스터 원피스를 입은 아흔 살 빨간 머리 노인 모니카에게 잘못 전달된 그 애피타이저는 사실 민나에게 갔어야 하는 것이었다. 입술을 파르르 떨던 민나의 푸른 두 눈에 불안이 그득했다. 직원에게 자기 걸 새로 가져다달라고 부탁했지만 모니카가 먹고 있는 게 마지막 남은 하나라는 얘기를 들은 모양이었다. 이번엔 민나가 뒤로 넘어가더니 이건 모니카 말고 자기한테 올 게 맞다면서, "불공평해, 불공평하다고" 하는 소리만 뇌며 고집을 피웠다. 앨리스가 곧바로 나서서 불공평한 일인 건 맞지만 인생이 원래 불공평한 것이니 또 이렇게 불공평한 상황을 겪는다는 건 아직 살아 있다는 증거라고, 그것만으로도 감사할 일이라는 말로 민나를 달랬다. 그러자 민나의 얼굴에 화사한 미소가 번졌고, 그렇게 소동은 잠잠해졌다.

몇 주 뒤에 앨리스랑 또 그 식당엘 갔는데, 지난번 민나와 모니카를 둘러싸고 벌어진 일과 비슷한 분란이 일자 사람들이 중재를 해달라며 앨리스를 찾아오는 광경을 또다시 목격했다. 이번엔 어떤 영화 때문에 말다툼이 벌어지는 바람에 테이블 전체가 아수라장이 돼 있었다. "정말 재밌어, 안 그래요?" 식당을 나서면서 앨리스가 내게 말했다. 나는 말없이 고개만 끄덕였다. "인간 행동의 별난 면들을 이런 데서 알게 되다니." 그가 덧붙였다.

예전에 내게 한 번도 행실로 보여준 적 없던 금욕적

성격을 체화해버린 앨리스는 그 요양시설에서 만인의 연인 같은 인물이 되어가고 있었다. 그는 주변에서 벌어지는 일들에 관심을 가지기로 마음을 먹은 상태였고, 인간성 자체의 기이한 면면에 대한 소설가 특유의 흥미는 그런 생활에 도움이 되었다. 그 결과 늘 한 걸음 정도 물러나 있는 듯했던 특유의 태도가 여기서는 그를 솔로몬 같아 보이게 했다. 툭하면 흥분하는 입소자들로서는 앨리스의 진중한 태도를 보고 믿음직스런 지혜를 갖춘 사람이라는 직감이 들었던 것이다. 그는 시야에 들고나는 한 사람 한 사람의 본질적 인간성을 존중할 줄 아는, 진실한 여성이기도 했다. 어련했을까. 그가 식당에 들어서면 모르는 사람들까지 지나가는 그를 보며 미소를 짓고 고개를 끄덕거렸다.

그러나 정작 그 자신의 본질적 인간성은 제대로 된 대접을 못 받고 있었다. 내가 면회를 갈 때마다 그는 하루가 다르게 전보다 쇠약해진 모습이었다. 물론 당시 앨리스는 여든다섯을 훌쩍 넘긴 나이로 진통제에 의존해 지내는 상태이기는 했지만, 그 진 빠진 모습은 대체로 육체보다는 정신에 기인한 것이었다. 그곳에 입소하고 몇 달이 지났을 무렵 의자에 풀썩 주저앉아 있는 앨리스의 모습이 너무 기진맥진해 보여서 나는 덜컥 겁이 났더랬다.

그래도 맞은편 의자에 얼굴을 마주 보고 앉아서 안부도 건너뛴 채 그와 이야기를 시작하곤 했다. 내 목소릴 몇 분쯤 듣노라면 그의 얼굴, 몸, 손짓에 다시 생기가 돌기 시작했다. 우리는 이내 책과 뉴스 헤드라인과 지인들에 관한 대화를 언제나처럼 신나게 나누었지만, 언쟁을 벌이는 일은 없었다. 그 기적 같은 변환의 광경을 영영 잊지 못할 것 같다. 고도의 지성이 작동하자, 반송장 같던 사람이 생생한 활기를 되찾는 모습을 본다는 건 그야말로 마법이나 다름없는 변신을 목격하는 기분이 드는 일이었다.

"여긴 대화가 되는 사람이 한 명도 없어요?" 한번은 내가 그렇게 물었다.

"없지 그럼." 그러면서 앨리스는 덧붙였다. "잡담이야 되지. 잡담은 많이 나눠요. 하지만 대화? 없어요, 그런 건. 지금 우리가 나누는 이런 대화는 당연 없고말고."

앨리스는 매일같이 귓속을 채우는 잡담 때문에 자기가 죽어간다고 했다. 침묵만도 못해, 훨씬 못해, 그렇게 말했다.

앨리스와 나를 둘 다 아는 친구는 그의 인생이 이런 식으로 저물어갈 수밖에 없다니 너무 슬프다고 했다. 그 말이 기가 막혔다. 앨리스가 결혼에 실패하고 작가로서의

경력이 끝난 것을 두고 하는 말이었다. 하지만 말년에 그가
잃은 것들은 적어도 내가 보기엔 전혀 핵심이 아니었다.
어쨌거나 그는 긴 세월 보란듯이 잘 살았는데—돈,
매력, 명성, 꾸준한 성생활—그게 끝까지 버팀목이 되진
못했기로서니 뭐 대수인가? 그건 그저 누구나 겪는
인생의 곡절일 뿐 사실 서러워할 일은 아니었다. 됐고,
여기서 중요한 건 인간으로서—그래, 처음부터 끝까지—
다해야 할 유일한 도리가 의식을 명예롭게 간직하는
일이라고 할 때, 자기 정신을 활용하는 걸 세상 제일가는
기쁨으로 여기며 의식 있는 인간이 되기 위해 평생
분투해온 그가 이제 그 유구하고 결연한 노력을 무시—
아니지, 폐기—하게끔 조성된 환경에 갇혀버렸다는
사실이었다.

그러자 이 우정에 대해 내가 지금까지 품었던 모든
불평불만이 하찮게 느껴졌다. 얼마나 옹졸하고 시시한
것들이었는지. 사실, 비열했지. 이제 내게 책 읽기 외에
유일하게 중요한 일은 독방에 갇혀버린 정신의 유배자에게
그가 부탁한 물건을 보내주는 것이 되었다. 앨리스는 너무
오래 살아 있으면 그것도 유죄라는 평결을 받은 사람
같았다. 죄에 비해 벌이 너무 무겁다는 생각이 어찌나
떨쳐지지 않던지!

앨리스는 그 요양시설에서 7년을 더 살았다. 장례식 때, 그러지 않을 것 같았던 사람들도 그동안 앨리스를 주기적으로 보러 왔었다는 사실을 알게 됐다. 대부분 나와 스치듯 아는 사이였는데, 동네 페미니스트, 소호에서 온 공연예술가, 브롱크스에 사는 사촌, 공공도서관의 프로그램 기획자 등이 포함된 이들 가운데 어느 누구도 나만큼 앨리스와 가깝지는 않았다는 생각이 들었지만, 우리는 다들 독방의 앨리스를 구조하겠다는 동료 의식을 공유하고 있었던 모양이다.

그때 내 머릿속에는 맨해튼 길바닥에 그어진 어느 동그라미의 상像이 떠올랐는데, 중심에서 주변부를 향해 여러 개의 선이 뻗어 나와 있는 형상이었다. 때가 되면 우리 동료들 중 누군가가 그중 하나의 선을 따라 앨리스가 기다리고 서 있는 중심부를 향해 걸어갔다. 그리고 그가 앨리스에게 도착하면 선에는 환하게 불이 들어왔다.

\*

웨스트사이드 주택가에 여름이 오면 남자들은 인도에 카드 테이블을 펼쳐놓고 도미노 게임을 하고 여자들은 현관 앞 계단에 모여 앉아 이야기를 나누고 아이들은

공놀이를 하고 십대들은 연애를 하며 사람들은 아무
데서나 술을 마시고 담배를 피우고 마약을 한다. 한번은
한밤중에 거리 한복판에서 돼지를 통으로 굽는 광경을 본
적도 있었다. 누가 복권에 당첨됐다고 했다. 낮에는 내내,
밤에도 대부분의 시간 이곳에선 여자 남자 할 것 없이
꽥꽥 소리를 질러대고, 흐느껴 울고, 웃어대고, 언성을
높여 말다툼을 벌인다. 여과되지 않은 채 고삐 풀린
감정들이 섬세한 뉘앙스 따위 없이 이리저리 날뛴다.

　7월의 어느 저녁, 사람들로 붐비는 40번가 9번
애비뉴를 따라 걷다가 그 군중 속에서 미동도 없이
서 있는 남자와 여자를 보았다. 남자는 여자의 얼굴을
뚫어져라 보며 한 손으로는 여자의 팔을 잡고 있었다.
그러자 여자는 남자에게서 얼굴을 돌린 채 두 눈을
질끈 감았고 말 없는 입으로 싫다고 말하고 있었다.
그들의 모습을 계속 흘끔거리며 걷다가 우연히 눈을
들었는데 비상계단에 한 여자가 서 있는 게 보였다. 그
여자는 충혈된 눈으로 거리에 있던 남자와 여자를 빤히
내려다보고 있었는데, 낯빛엔 고통이 완연했다. 나는
잠시나마 헬스키친Hell's Kitchen*에서의 삶에 질투를 느꼈다.

* 과거 범죄가 빈번히 발생하던 시절 맨해튼 미드타운 지역을 일컫던 말.

*

　거리는 쉴 새 없이 움직이고 우린 그 움직임을 사랑해야만 한다. 그 리듬의 구조를 파악하고 그 움직임 속에서 이야기를 빼돌려야 하며, 서사적 동력은 무한하면서도 취약하다는 사실을 이해하되 아쉬워하진 말아야 한다. 문명은 붕괴되는 중일까? 이 도시는 제정신이 아닌 걸까? 이 세기가 초현실적인 걸까? 더 빠릿빠릿하게 움직이자. 더 민첩하게 스토리라인을 찾자.

　6번 애비뉴 버스에서 나는 나이 지긋한 여성에게 자리를 양보하려고 일어선다. 이 아담한 여자는 금발에 금으로 된 장신구와 볼품없는 밍크코트를 걸치고, 얼룩덜룩 부스럼이 있는 양손엔 긴 빨간 손톱을 붙이고 있다. "아이고, 친절도 하셔라." 여자는 내게 그렇게 말하며 수줍은 듯 미소를 짓는다. "난 아흔 살이라우. 어제 아흔이 됐지." 나는 그를 보고 미소를 지으며 말한다. "너무 멋지셔요. 기껏해야 일흔다섯밖에 안 돼 보이는걸요." 순간 그가 눈을 번득인다. "까불기는."

　카페 카운터 앞에서 두 여자가 내 정면 방향에 앉아 이야기를 나누는 중이다. 한 명이 다른 한 명에게 둘 다 아는 어떤 여자가 한참 나이 어린 남자와 잠자리를 하고

있다는 얘기를 한다. "우리야 다들 그러지, 그 남자가
원하는 건 네 돈이라고." 말을 하던 여자가 헝겊 인형처럼
고개를 끄덕이더니 이야기 속 주인공인 여자를 흉내 내며
우스꽝스러운 표정을 짓는다. "개가 그러더라고, '그래 맞아,
그리고 가질 수도 있지 뭐, 다 가져도 돼.' 근데 그러는 개
얼굴이 훤하더라니까."

42번가에서 내 앞에 있던 한 남자—깡마른 흑인
청년—가 차들이 움직이기 시작하는 도로 한가운데
갑자기 대자로 눕는다. 나는 옆에 걷고 있던 남자를
다짜고짜 돌아보며 내뱉는다. "저 남잔 대체 왜 저러고 있는
거죠?" 그러고 보니 이 남자 역시 깡마른 흑인 청년이다.
남자는 걸음을 멈추지도 않고 나를 향해 어깨를 으쓱해
보인다. "저야 모르죠. 우울한가 보죠."

나는 매일 집을 나설 때마다 동네 동쪽을 따라
걸어야겠다고 다짐을 한다. 동쪽이 더 조용하고 깨끗하고
널찍하기 때문이다. 그런데도 항상 정신을 차려보면
어느새 번잡스럽고 지저분하고 어수선한 서쪽에 와 있다.
서쪽에 오면 좋은 뜻으로 삶이라는 것에 주제가 있다는
느낌이 든다. 그 모든 지적인 것이 그 모든 약삭빠른 이
안에 갇힌 느낌이랄까. 그러다 보면 내가 왜 걷는지가
깨달아진다. 다들 왜 걷는지도.

＊

여덟 살 때 엄마는 내가 친구 생일파티에 입고 가려고
벼르던 원피스를 잘라 구멍을 내버렸다. 엄마는 가위를
집어 들고는 내 심장께를 덮었을 부분을 죽 잘랐다. 엄마
말마따나 나한테 심장이 있기나 했는지는 모르겠지만.
"너 때문에 내가 못 살겠다." 엄마 말을 거역하거나
엄마가 설명해줄 수 없는 걸 설명해달라고 조르거나 줄
수 없는 걸 달라고 졸라댈 때마다 엄마는 두 눈을 질끈
감고 주먹을 꼭 쥔 채 그렇게 우짖었다. 그날 엄마는
고함쳤다. "당장 엄마 죽는 꼴 보고 싶지. 이 무정한(심장
없는heartless) 것아." 당연히 나는 그날 파티에 가지 않았다.
일주일 내내 울었고 50년 내내 그 일을 두고 울분을
토했다.

"대체 애한테 어떻게 그럴 수가 있어?" 나중에 시간이
흐른 뒤 엄마에게 따져 물었다. 열여덟에 한 번, 서른에 한
번, 마흔여덟에 또 한 번.

희한한 건 내가 그 얘길 꺼낼 때마다 엄마가 이랬다는
거다. "난 그런 적 없다." 그러면 나는 번번이 점점 더
경멸에 찬 눈으로 엄마를 바라보며 우리 둘 중 하나가
죽을 때까지 이 아동 대상 범죄에 대해 상기시켜줄

참이라고 못을 박아두곤 했다.

시간이 흐르고 내가 잊을 만하면 한 번씩 그 원피스 절단 사건을 끄집어낼 때마다, 엄마도 매번 그 이야기의 진실성을 부정했다. 쭉 그 상태로, 나는 계속 엄마를 믿지 않고, 믿지 않고, 또 믿지 않았다. 그러던 어느 날, 별안간 믿게 됐다. 오십대 후반이 된 나는 어느 쌀쌀한 봄날 오후에 23번가 시내 횡단 버스를 타고 가다 9번 애비뉴 정류장에서 내렸고, 땅에 발을 딛는 순간 반백여 년 전 그날 무슨 일이 일어났든 내가 기억하는 그런 식은 절대 아니었다는 걸 깨달았다.

세상에, 손바닥으로 이마를 탁 치며 생각했다. 나는 내 울분을 제조해내려고 태어난 사람이구나. 하지만 왜? 하물며 소중한 인생에 내처 그걸 붙들고 있었다니. 대체 왜? 이마에서 손을 뗀 나는 상상 속에서 모자를 벗어 레너드에게 인사를 건네며 나도 그렇네, 하고 나직이 중얼거렸다. "이 나이를 먹고도 이렇게 아는 게 없어."

*

매니 레이더와 내가 처음으로 동침한 날 밤 우리가 경험했던 그 강렬하고도 달콤한 행복은 오래도록 나름의 힘을 발휘했다. 로맨틱한 감정은 우리 각자의 내면에서 놀라울 정도로 걸핏하면 샘솟았다. 엘리베이터에서, 버스 정류장에서, 식당 입구에서, 캄캄한 극장에서, 밤새 문을 여는 환한 식당에서. 둘 중 한쪽에서 난데없이 터져 나오곤 했다. "사랑해, 정말 사랑해, 이렇게 당신을 사랑하다니 믿을 수가 없어." 우리가 사랑이라 부르는, 비이성적으로 울컥 솟아오르는 그 기쁨은 설명하기 어려운 것이었고, 그 사랑이 나를 완전히 사로잡았다는 건 더더욱 설명이 안 됐다. 정신을 못 차린다는 게 이런 건가, 혼자 생각했던 기억이 난다.

매니는 오랜 혼란과 우울을 견디고 살아남은 사람이었는데, 그가 써먹은 방법은 끝내 도무지 알 수 없었던 미래에 완전히 대비한 자기 자신을 상상해보는 것이었다. 그건 곧 생존에 필요한 최소한의 돈만 벌며 매사 가장자리에 남겠다는 뜻이기도 했다. 여전히 인생이 시작되기를 기다리며, 그는 모든 걸 싼값에 해결했다. 카페엘 가도 가판대에 서서 커피를 마셨고 어딜 가든 걸어서 이동했고 옷은 낡아서 해질 때까지 입었다. 스태튼아일랜드의 페리가 우리 유람선이었고 줄리어드 재학생 연주회가 우리의 카네기홀이었다. 우리가 만나 어울리는 시간은 1+1 영화표, 싸구려 식당에서의 저녁 식사, 도시 곳곳을 산책하는 나들이 일정으로 채워졌다.

나 역시 경제적 불안은 늘 그대로였지만 그래도
괜찮은 아파트에 살았고 일주일에 몇 번씩 외식도 했으며
큰 액수는 아니었지만 음악, 연극, 영화에 어느 정도
돈도 쓰고 살았다. 하지만 매니의 기호嗜好는 가볍게
나를 파고들었고 나는 그 기호들을 받아들였다. 마치
그날로부터 지금 이 순간까지 무엇 하나 끼어든 적 없이
우리 둘 다 쭉 브롱크스에 살아왔고, 나만 한때 중산층
흉내를 낼 줄 알게 되었다가, 이제 다시 본모습으로
돌아오고 있기라도 한 것처럼.

이전에도 쓴 적 있는 이야기이지만 소유욕 없는 나
자신에 대해 생각해보게 된 건 그때부터였다. 매니의 집을
본 순간 나는 소유욕이 없다는 게 우리 두 사람에게 갖는
의미를 단박에 알아차릴 수 있었다. 매니는 브루클린 고층
건물의 커다란 원룸에서 살았다. 환하고 깨끗하고 아늑한
그 방에는 침대 하나, 탁자 하나, 의자 두 개, 전등 하나가
있었다. 냄비 두 개와 프라이팬 한 개, 저녁 식사용 큰
접시 두 개, 컵 두 개, 기본 식기 두 벌, 술잔 서너 개가
부엌 살림살이의 전부였다. 단출하군, 아주 단출해……
무덤덤하게 그런 생각을 하는 순간, 나 정도면 평범한
축에 속한다는 걸 알게 됐다.

물건들이 누군가의 주변에 온기와 색채를 더하고 거기에 비중, 맥락, 특색 따위를 부여한다는 사실을 그 순간 불현듯 깨닫기라도 한 것 같았다. 물건들을 치워버린 세상에 남는 건 삭막한 공기다. 검은색, 흰색, 사람 사는 것 같지 않은 분위기. 매니와 내가 그러듯이 물건에 대한 소유욕 없이 살아가는 사람이 있다면, 그건 앞으로도 자신의 음울한 자아를 기꺼이 그 자리에 계속 세워둘 만큼 확고한 주변인의 감각으로 살아가겠다는 뜻일 수밖에 없을 것이다.

그 아늑하고도 텅 빈 방 안에서 나는 매니가 오래도록 품어온 삶에 대한 우울, 그리고 그것이 나의 내면에 미치는 불가피한 영향을 보았다. 최소한의 것만 남기고 다 덜어낸 매니의 그 공간에 투영된 나 자신의 모습에 놀랍게도 나는 애정을 느꼈다. 문간에 서면 내 심장이 그를 향하는 걸 느꼈다. 나는 그를 껴안았고, 그를 육박했다.

그러나 우리 둘의 그 공통된 불능은 불안한 자석과도 같았다. 그 성질은 언제나 끌어당기기보다 밀쳐내는 방식으로 작용했다.

1년도 못 가서 분명해진 사실은 사랑이 우리에게 평온함도 안정도 가져다주지 않으리란 것이었다. 우리를

이어주었던 그리움과 화학작용이 계속 우릴 묶어두기는
했지만, 감각이 아닌 다른 곳에서 발생하는 욕구들이
쾌락을 침범하는 순간이 급격히 늘기 시작했다. 섹스
외에 가장 긴요한 연결의 형태는 대화다. 매니도 나도
말을 하고 듣는 게 중요한 사람들이었지만 몇 달이
지나자 우리는 거의 모든 것에 대해 의견 충돌을 보이는
듯했다. 그런 의견 불일치는 늘 서로에 대한 거부처럼
받아들여졌다. 아주 작은 의견 차이도 언쟁의 불씨가 됐고
어떤 내용을 가지고 대화를 해도 단절이 생겼으며 툭하면
치명적이다시피 한 결론으로 이어졌다. 대화만 했다
하면 어김없이 삽시간에 불이 붙듯 화를 내버리고 마는
모습에 우리 자신도 놀라곤 했다. 다툼의 불씨는 무서운
폭발력으로 덤불에 불이 붙듯 거침없이 번져나갔고,
우리는 몇 초 만에 잿더미로 변해버리기 일쑤였다.

대체 어떤 문장이 싸움을 거는 듯한 도발로
받아들여졌던 걸까, 어떤 반응이 내 판단을 흐려놓았던
걸까, 어떤 뉘앙스가 그의 생각을 납작하게 만들어버렸던
걸까 생각하며 우리 대화에 이런 재앙이 닥친 과정을
되짚어가느라 내 딴엔 많은 시간을 보냈다. 어떻게 사이가
이렇게 가까워졌는데도 이 지경으로 분리될 수가 있지,
밤늦도록 혼자 앉아 속앓이를 했다. 우리는 둘 다 점잖고

지적이고 배운 사람들인데. 투표도 같은 데다 하고
『뉴욕타임스』에 실린 같은 서평을 읽는데. 누구 하나
부동산중개업이나 시의회에 몸담고 있지도 않은데. 대체
뭐가 잘못됐던 걸까? 이 질문들에 대한 답은 늘 똑같았다.

좋은 대화란 공통된 이해관계나 계급의식이나
공유된 이상 따위보다는 기질에 달린 문제다. "그게
대체 뭔 소린데?"라고 따지기보다는 "뭔 말인지 딱 알지"
하며 자기도 모르게 반색하게 되는 기질. 그런 공통의
기질이 있으면 대화는 자유로우면서도 거침없는 흐름을
어지간해선 잃지 않는다. 하지만 그게 없으면 언제나
살얼음판을 걷기 마련이다.

언쟁이 한창 과열되면 나는 이런 말로 스스로를
다독이려 안간힘을 쓴다. "잘 봐, 그냥 서로 주파수가
어긋난 거야. 그게 다라고. 주파수가 안 맞는 거야." 나는
그게 우리 문제에 대한 중립적인 판단이라도 되는 양
말했지만 매니는 그 말조차 번번이 자신을 한 방 먹이는
걸로 받아들였다. 내게도 그에게도 해당되는 얘기였는데
말이다. 그러나 그런 말을 할 때 거기엔 기실 그와 같이
있으면 내 정신이 나한테 버겁게 느껴진다는 뜻도 담겨
있었다. 나대로 탐색할 수 있어야 마땅했던 것에 대해
설명을 해야 할 때마다, 나는 점점 방어적으로 변해갔고

고립된 채 닫혀버린 사람이 된 기분을 느꼈다.

아이러니하게도 매니와의 말다툼이 심해질수록 나는 그를 잃게 될까 봐 더 두려워졌다. 만난 지 6개월 만에 극도로 신경이 예민해져버린 나는 사사건건 난리를 피웠다. 그의 성적인 관심을 더 이상 내가 독점하고 있지 않다는 느낌에 사로잡혀 어쩔 줄 몰랐기 때문이다. 침대에서야 나를 떠받든다는 걸 알 수 있었지만 길에선 예쁜 여자만 지나가면 흘끔거리는 듯했고, 나는 그에게 더는 전처럼 매력 있어 보이지 않는 것 같았다. 어느새 그의 말 한마디, 몸짓 하나, 눈길 하나하나를 '어제보단 오늘 더 사랑하네, 한 시간 전보다 덜 사랑하네, 2주 전만큼 사랑하진 않잖아' 같은 말이 눈금처럼 새겨진 가상의 자로 끊임없이 재기 시작했다.

문제는 우린 친구가 아니었다는 것이다. 우정 없이, 우리는 황야에 외따로 머물렀다.

나는 세상 사람 모두가 알면서도 늘 잊고 지내는 게 무언지 깨달아가기 시작했다. 성적으로 사랑받는 것은 실제 자기 자신으로서 사랑받는 게 아니라 서로의 내적 욕망을 자극하는 능력으로 사랑받는 것이란 걸. 매니가 욕망했던, 내게 할당됐던 그 권력이 오래가지 않으리라는 건 기정사실이었다. 누군가를 영원토록 매혹할 수 있는 건 오직 사람의 머릿속 생각이나 영혼의 직관뿐인데, 내가 품은 그것들을 매니는 사랑하지 않았다. 물론 싫어하지도 않았지만 그렇다고 사랑한 것도 아니었다. 매니에겐 그런 것들이 필요치 않았다. 이렇게 누군가와 감각으로만 연결된다는 건, 결국 내가 나 자신에게 감당이 안 될 정도로 내던져져서, 취약해지다 못해 곧 자기회의에 빠져 죽어갈 거라고 느끼게 된다는 걸 의미했다.

언젠가 매니에게 인생을 돌이켜보면 놀랍지 않느냐고 물은 적이 있었다. 매니는 말했다. "내가 어쩌지 못하는 힘에 이리저리 질질 끌려다닌 느낌이야. 사람들이 나한테 기대하는 걸 하고 나면 불안해지곤 했지. 오랫동안 불안 말고 다른 상태는 모르고 살았어. 어느 날 문득 깨달았지, 나를 빚어놓은 건 불안이더라고. 그 뒤로는 아무것도 놀랄 게 없었어."

한번 불꽃 튀게 치고받고 나면 나는 매니의 목에 팔을 두르고 매달렸다. 한참을 그렇게 무거운 짐짝처럼 매달려 있었다. 그러면 매니가 두 팔로 나를 감싸 안았다. 내 머리칼을 그토록 정교한 부드러움으로 쓸어 넘겨주던 섬세한 손길이 지금도 생생하게 느껴진다. 우리가 가진 걸 다 탕진하는 중이라는 걸 그는 알고 있었다. 머지않아 시간을 벌 수단이 하나도 남지 않게 될 것이었다.

같이 저녁 식사거리를 사느라 레너드와 수퍼마켓에서
줄을 서 있는데, 몸을 덜덜거리는 가냘픈 노파가 계산대
앞에 와서야 무언가 빠뜨렸단 걸 깨닫는다. 그의 머릿속이
복잡해진다 ─ 아이고, 줄 다 서났더니 뺏기겠네! 바로
뒤에 서 있던 고등학생이 노파의 팔을 붙잡으며 빠뜨린
물건이 뭐냐고 묻는다. 우유, 대답이 돌아온다. 레너드가
못마땅해 죽겠다는 소리를 낸다. 학생이 재빨리 뛰어가
우유를 가져온다. 할머니가 말한다. "어머나, 참 착한
학생이네, 정말 착해, 보기 드물게 착한 젊은이야!" 그러자
학생이 말한다. "아니에요, 그저 평범한 수준이죠, 뭐."
내가 레너드를 보며 씨익 웃는 순간 ─ 솔메이트네! ─ 그가
학생에게 말한다. "거 구분 참 재미있네. 지금 상황에선
평범하다기보다 보기 드문 행동이라고 보는 게 맞겠죠.
뉴욕에서 자기 자릴 벗어나면서까지 누군가를 돕는다는
건 굳이 불편한 상황에 끼어드는 처사예요. 그런 행동은
미루고 피하고 보류해야죠. 일단 멈추고, 곰곰이 생각을
해보라는 거예요." 학생이 빤히 쳐다보자 그는 덧붙인다.
"한마디로, 맞을 수도 있단 소리예요."
　　내가 이 도시에서 한 번도 느껴본 적 없는 걸 레너드는

매일 느끼며 산다.

＊

그들이 피렌체에서 만난 건 1880년이었다. 남자는
서른일곱, 여자는 마흔이었다. 여자는 여러 편의 에세이와
단편소설을 쓴 미국의 유명 작가 콘스턴스 페니모어
울슨이었다. 남자는? 바로 헨리 제임스였다. 그는 울슨이
취향과 판단력이 뛰어난 여자인 데다 자신의 거울상
같은 자기분열을 겪고 있단 걸 한눈에 알아차리고
적잖이 놀랐다. 울슨은 명성을 즐기면서도 무명의 그늘
속으로 파고들었고, 외로움을 두려워하면서도 기꺼이
고독을 맞아들였으며, 마음을 터놓길 원하면서도 자꾸만
달아나는 사람이었다. 한번은 제임스가 베네치아에 집을
구할까 고민하고 있으려니 콘스턴스가 말했다. "대운하에
있는 당신이라니 상상이 안 되네요." 그러자 제임스가
답했다. "맞아요, 사실 숨을 곳이죠. 남들이 찾기 어려운
곳이기만 하면 어딘지는 별로 상관없어요. 중간에 막다른
골목만 많이 있으면." 그는 자기 자신뿐 아니라 울슨을
대변하고 있기도 했다. 울슨은 청소년기부터 일찍이
자기를 방어할 갑옷을 짓기 시작했다. 그 갑옷은 울슨이

성년이 될 무렵 어엿한 모양새를 갖추더니, 그가 세상을 떠날 무렵에는 그를 질식시키고 있었다.

둘은 걸으며 이야기했고 차를 마시며 이야기했으며 박물관에 가서도 이야기를 나눴다. 책을 논했고 글쓰기를 논했으며 도덕적 상상을 논했다. 물론 그들이 나누는 대화는 통상적인 의미의 개인적 대화와는 거리가 멀었지만, 지적인 진솔함에서 우러나온 생기 넘치는 대화는 두 사람에게서 세상에 혼자라는 느낌을 덜어주었다.

울슨이 더 많이 주는 쪽이었음에는 의심의 여지가 없다. 그는 제임스에게 최고의 독자이자 가장 지적인 대화 상대가 되어주었고, 살면서 차마 말할 수 없었거나 굳이 말하지 않은 모든 것을 어느 누구보다도 잘 이해해주는 사람이었다. 제임스도 그랬다고는 말할 수 없을 것이다. 둘 사이에서 차마 말할 수 없었거나 굳이 말하지 않은 그 모든 것을 철저히 이용했으니 말이다. 그는 울슨이 느끼는 고통의 깊이를 파악한 적이 없어 보이는데, 거의 일부러 그랬던 것 같다. 혹여나 이해하고 있었다 한들 한 손으로 두 눈을 가린 채 그 깊이를 똑바로 들여다보지 않는 쪽을 택했던 셈이다. 아마도 그 내막이 자신을 뚫고 들어오게 되면 울슨과의 우정에도 좀더 책임 있게 임해야 하리라는 걸 알았기 때문이었을 것이다. 무엇보다도 헨리 제임스는 책임지는 것을 두려워했고 질색했다.

1893년 봄, 콘스턴스는 대운하를 면한 건물에 집을 얻어 살기 시작한다. 헨리는 기뻐하며 겨울엔 베네치아에 들르겠다고 약속했다. 콘스턴스는 그가 올 날을 기다리며 기운을 내겠다는 편지를 쓴다. 편지를 받자마자 헨리는 불안하고 초조해지기 시작한다. 한여름이 되자 그는 새 책 집필을 시작하게 돼 겨울 일정을 아직 계획하지 못한 상태라 아무래도 베네치아에 아예 못 갈 가능성이 크다고 답장한다. 콘스턴스는 묵묵부답이다. 그해 여름이 지나고 또 가을이 오는 동안 둘 사이에는 사실상 연락이 없었다. 이후 콘스턴스는 작업 중이던 소설을 탈고했다는 소식을 전하는 간단한 편지 한 통을 보낸다. 헨리는 콘스턴스가 작업을 끝내고 다음 집필에 들어가기 전까지의 과도기에 급격히 쇠약해진다는 걸 알고 있었지만 아무려나 대수롭지 않게 여기고 상황이 흘러가는 대로 내버려둔다.

1894년 1월, 콘스턴스 울슨은 베네치아의 자택 창문에서 뛰어내렸다. 그가 당혹스러우리만치 단출했던 삶을 흩뿌린 곳은 세상 가장 화려한 수로의 물에 씻긴 길바닥이었다. 그가 죽은 뒤 미국의 외교관 존 헤이는 이런 말을 했다. "그는 죄수만큼이나 불행한 사람이었다." 한편

고국인 영국에 있던 헨리 제임스는 공포와 공황, 죄책감을
느꼈다. 물론 그가 정말 고통스러워했는지는 확인할 길이
없다. 그래도 마음 한구석에선 이런 생각이 들었으리라.
베네치아에 갔더라면 콘스턴스가 뛰어내리지 않았을
텐데.

이 사안의 진실은 울슨도 제임스도 우정이라는 과업을
감당할 능력이 없었다는 사실이다. 둘 다 그 관계를
소중하게 여기기는 했지만, 그보다 훨씬 더 강렬하게
마음을 사로잡혔던 건 신경증적 우울이었고, 각자가
그 감옥에 갇혀 있었다. 자기를 위해서도 못 하는 일을
상대방을 위해 해낼 순 없는 노릇이었다.

*

울슨과 제임스의 이야기를 읽은 날 밤 나는 문학소녀가
되었다. 꿈에서 레너드와 나는 같이 살겠다고 각자의 집을
버려두고 나왔고, 레너드는 어퍼이스트사이드에 우리 둘이
지낼 공간을 찾아두었노라고 전화로 알려주었다. 깨어나면
현실에선 우리 둘 다 앞으로도 살 일이 없는 동네였지만
말이다. 서둘러, 와서 봐야지, 꿈에서 수화기 너머로 그가
말한다. 나는 그길로 업타운으로 달려가 고급스러워

보이는 건물 안으로 들어서서 아파트 출입문을 밀어 열고
어느 방에 서 있는데, 방은 길고 좁다란 것이 마치 관짝
같다. 반대편 끝에는 커튼이 드리워진 창이 있다. 창가로
달려가면서 생각한다, 창밖 풍경이라도 좋겠지. 커튼을
양옆으로 열어젖힌 나는 벽돌담을 물끄러미 바라보고 서
있다.

*

　내가 66번가 5번 애비뉴에서 3번 버스에 올라탄 건
오후 교통 체증이 막 시작되던 무렵이었다. 운전기사 바로
맞은 편 문간 자리가 비어 있어서 거기에 털썩 앉았다.
59번가에서 버스는 꽉 차기 시작했다. 사람들이 밀려드는
동안 내 시선은 이 손 저 손이 승하차 단말기에 교통
카드를 넣었다 빼며 지나가는 장면에 고정돼 있었다.
53번가에 이르렀을 때 누군가가 단말기 앞에서 그 당연한
동작을 하지 않고 버스에 올랐다. 시선을 들어 보니 내
대각선 맞은편 자리에 힘겹게 자리를 잡는 늙은 남자가
눈에 들어왔다.
　버스는 한 정거장을 더 가서 멈췄다. 그러고는 기사가
자리에서 뒤를 돌아보며 말했다. "선생님, 요금을 안

내셨네요." 노인은 대꾸가 없었다. 무릎 사이에 끼워 세운 지팡이 손잡이에 양손을 살포시 얹은 채 바닥만 빤히 바라보고 있었다.

기사가 재차 말했다.

그러자 노인이 고개를 들더니 그런다. "난 요금 냈소."

기사가 노인을 빤히 보더니 참자 하는 말투로 대꾸했다. "아뇨, 선생님. 요금 안 내셨습니다."

"아니, 냈어요." 노인은 그렇게 말하고는 다시 바닥을 뚫어져라 바라봤다.

다음 신호에서 기사는 몸을 휙 돌려 자리에서 일어나더니 노인에게 다가서서 말했다. "선생님, 요금 안 내시면 저 운전 못 합니다."

노인이 고개를 들었다. 그러더니 한결같은 어조로 말했다. "요금 냈어요. 내가 내는 걸 기사 양반이 못 봤다고 한들 나라고 어쩌겠소. 요금을 두 번 낼 수도 없고."

노인과 기사가 눈길을 주고받는다. 둘의 눈빛이 서서히 노려보는 쪽으로 바뀌었다. 노인은 불독 같아졌고 기사는 뭔가 다른 종류의 짐승 같아졌다. 노인은 백인이었고 기사는 흑인이었다. 내가 잠시 생각에 빠져들려는 찰나……

"이보세요, 돈 내실 때까지 이 버스는 꼼짝도 안 할

겁니다." 기사가 엄포를 놓았다.

"아이고," 내 옆에 있던 여자가 한숨을 쉬었다.

"대체 무슨 일입니까?" 세 칸 뒤에 있던 남자가 큰 소리로 외쳤다.

"돈 냈다고 하잖소." 노인이 다시 말했다.

"돈 내셨대요, 그래요." 한 남자가 조용히 말했다.

기사는 시동을 끄더니 대시보드에 달린 전화기에 대고 통화를 시작했다. 버스 통로 여기저기서 사람들이 뭔 일인가 하며 초조하게 웅성거렸다.

검은 옷 차림의 여자가 뿔테 안경을 쓴 남자 쪽으로 몸을 숙이더니 손가락으로 자기 이마를 톡톡 치는 시늉을 하며 다 들으란 듯이 속닥거렸다. "노망났나 봐."

"저기요," 뒤쪽에서 누군가 부르는 소리가 들렸다. "빨리 하고 갑시다. 난 시내까지 가야 한단 말이오."

또 다른 두 사람은 이럴 때 법적·사회적으로 어떻게 문제를 가려봐야 할지 따지기 시작했다. "저 기사 양반은 더 갈 도리가 없어요. 저 사람이 돈을 안 내니까." 한 사람이 이렇게 말하자 다른 사람이 대꾸했다. "근데 저 노인이 돈이 없으면 어떡해요?" 그러자 곧바로 이런 답이 돌아왔다. "저기요, 돈이 없으면 원래 버스를 못 타는 법이에요. 그게 법이라고요, 아시겠죠. 법이 그래요."

기사는 통로에 서서 큰 소리로 외쳤다. "모두 버스에서 내려주세요. 죄송합니다, 승객 여러분. 이 버스는 더 못 갑니다. 모두 다른 차 타게 해드릴게요."

다들 어안이 벙벙해져 말이 없다. 지금 일어나는 일이 안 믿긴다는 눈치다. 그러더니 곧 일제히 소리를 질러댔다. "뭔 소리예요, 가야지, 이러시면 안 되죠."

버스 뒤편, 한 젊은이가 고통에 몸부림치는 듯한 울음소리를 내질렀다. 조금 전까지만 해도 창밖을 내다보며 꿈꾸는 듯한 표정을 짓고 있던 젊은이가 벌떡 일어났다. 몸은 늘씬했고 은색 징이 박힌 검은 가죽 재킷이 번쩍거렸다. 그는 버스 앞쪽으로 가서 입을 꾹 다문 노인 앞에 자리를 잡고 서더니 되는 대로 내뱉기 시작했다. "대체 왜 그렇게 싸구려같이 굴어요? 추잡스럽게 1달러 25센트 가지고. 아니, 그거 때문에 우릴 이렇게 골탕을 먹일 거냐고요?"

키도 크고 체격도 좋은 운전기사는 승객들이 우르르 앞문으로 몰려 나오는데도 그 자리에 우두커니 서 있었는데, 나는 그의 얼굴에서 매일의 삶이 그에게 내던지는 온갖 모욕이 차곡차곡 쌓여 있는 것을 본 것만 같았다. 30초 만에 전부 버스에서 내린 우리는 주변을 서성거리고 있었다. 재밌는 건 그냥 가버리는 사람도

없고, 노인의 요금을 아무도 내주지 않은 이유에 대해
생각해보는 사람도 없었다는 사실이다.

"아 이 구질구질한 도시, 빌어먹을 이 구질구질한 도시."
내 옆에 서 있던 남자가 나지막이 흥얼거렸다.

나는 버스를 돌아봤다. 노인은 지팡이에 양손을 올리고
시선은 바닥에 고정한 채 여전히 그 자리에 그대로 앉아
있었다. 도로가 점점 더 혼잡해지자 그는 갑자기 벌떡
일어서더니 버스에서 내렸고 마치 꿈속에 나온 사람처럼
북적대는 오후 속으로 홀연히 걸어 들어갔다. 나는 기사의
소매를 잡아당기며 말했다. "그 사람 갔네요."

기사는 내 시선을 따라 저쪽을 보더니 눈 하나 깜짝
않고는 말했다. "자, 다들 다시 타세요."

침묵 속에서 사람들은 다시 줄줄이 버스에 올라탔다.
그리고 각자 아까와 똑같은 자리에 앉았다. 기사는
제자리에 앉아 출입문을 닫고는 능숙하게 차를 돌려 5번
애비뉴의 차량 행렬에 합류했다. 손목시계를 보니 기사가
"선생님, 요금을 안 내셨네요"라고 처음 말한 시점에서 한
시간이 흘러 있었다. 함께 탄 승객들을 둘러보니 억지로
쓴 공평무사의 가면 뒤로 각자의 얼굴을 잽싸게 다시
정돈해 넣은 모습이었다. 마치 아무 일도 없었다는 듯.
하지만 나도 그렇게 바보는 아니었다.

＊

    1950년대 초 시모어 크림이라는 뉴욕의 저널리스트는
반체제 작가가 되기를 염원하면서도 동시에 전국적인
명성을 누리고 싶어했다. 하지만 그 스스로는 이도 저도
실패라고 여겼다. 실패했다는 그 감각을 바탕으로 크림은
당대에 말을 거는 주제와 목소리를 찾아냈다. 조울증이
있었고, 야망과 신경증과 자조 사이를 오가던 크림의
페르소나는 잉크를 흥건히 쏟아내며 좌절과 허기에 관해,
경멸의 대상인 동시에 선망의 대상이기도 했던 성공을
쟁취한 이들을 향한 어마어마한 질투에 관해 끊임없이
설명했다. 그 목소리는 철저히 도회적이기도 했다. 시모어
크림 같은 사람을 낳을 수 있는 곳은 지구상에 뉴욕밖에
없을 것이다.

    의식의 흐름 같기도 한 광적이고 독창적인 문장 구조를
도발적인 방식으로 활용한 파격적인 산문체 덕분에
크림은 생각, 감정, 행동이 하나가 되어가던—당시
등장하기 시작한 반항적인—세대에 심정적으로나마
합류할 수 있었다. 크림으로선 그런 통합을 이룬다는 게
내면의 혼란을 적절히 제어함으로써 자기 안에 있는 줄
스스로도 알았던 그 훌륭한 작품을 써낼 수 있게 된다는

의미였을 것이다.

환상은 그의 주특기였다. 그는 미래를 그릴 때면 늘 모든 게 마법처럼 조화를 이뤄 언젠가 반드시 도래할 자신의 전성기에 대단한 성과를 꽃피우고 말 거라는 환상을 품었다. 이런 환상은 그가 쓴 거의 대부분의 글에 흠뻑 스며 있었다. 산문이라는 표면 아래 깔린 어딘지 모르게 불안한 허풍은 작품 속 화자가 스스로 브로드웨이 뮤지컬 주인공이 되었다고 상상하며 청중을 향해 이렇게 외치는 듯한 분위기를 풍겼다. "꼭 두고 봐요! 여러분을 다 합친 것보다도 더 대단하고 훌륭하고 중요한 사람이 되고 말 테니까."

그러나 생각과 행동을 통합하기란 크림에게 여전히 능력 밖의 일이었다. 그가 할 수 있는 일이라곤 죽기 전까지 살았던 로어이스트사이드의 온수도 안 나오는 아파트에서 매일 눈을 뜰 때마다 자신을 갈기갈기 찢어놓던 그 무력감을 기록하는 것뿐이었다. 필력이 절정에 달했을 무렵, 크림은 자기처럼 환상을 현실로 바꿔내지 못한 모든 이를 대변하는 데 재능을 할애했다. 그는 반항적으로 백일몽을 꾸는 이 자아를 계몽의 도구로 삼는 단순한 방식을 통해, 성장하지도 일에 착수하지도 못하는 미국인의 무능을 은유하고자 했다.

그러나 불안은 너무나도 자주 그 은유를 집어삼켰고, 그럴 때마다 글은 두서없는 악다구니로 곤두박질쳤다. 지루하고 처참했다. 하지만 1973년에 쓴 「실패라는 사업에 몸담은 내 형제자매들에게For My Brothers and Sisters in the Failure Business」만큼은 탁월한 에세이로, 그가 긴 세월 자기 것으로 만들고자 했던 그 주제를 마침내 하나로 통합해낸 글이었다. 이 글에서 그는 실패 자체─그것의 맛, 그것에 대한 두려움, 그것에 끊임없이 시달리는 처지─에 대한 미국인의 집착을 예리하게 포착해냈으며, 그가 던진 메시지는 뉴욕이라는 토착어를 괄목할 방식으로 활용해낸 언어로 전달되었다.

"내 나이 쉰하나," 그는 적는다.

믿거나 말거나, 젊고 약삭빠른 여러분 가운데 내 얘기를 믿는 사람이 있거든 나를 불쌍히 여겨주기를. 이 나이 먹도록 아직도 '뭐가 되고 싶은지' 도통 모르겠으니. (…) 우리 위층에 있는 그 푸닥진 델리에서 나는 열세 살 때와 다를 바 없이 무궁무진한 가능성에 열려 있다. (…) 나와 비슷해 보이는 저 수많은 사람도 영혼의 폭동에 어울리는 전문적인 외피를 끝끝내 찾아내지 못한 신세다. 많은 이가 영영 찾지 못할 것이다. (…) 이건

추측이라기보단 상처와 별들이 내는 목소리다. 나도
그런 삶을 살아왔고 아마 앞으로도 계속 살아낼
것이다. 그러다 결국 사람들이 내 핫도그[재주]마저 채
가겠지. (…)
그러나 만일 당신이 이 사회에서 당당하고도 탐구심
넘치는 '실패자'이고, 우리 같은 사람이 무수히 많다는
사실에서 모순적인 위안이라도 얻을 수 있다면,
무엇을 시도했고 지금은 왜 취약해졌는지 안다는 건
현명하고도 명예로운 일이다. 한때 빛나는 포부를
망토처럼 두른 당신을 보았지만 지금은 그저 흐린 날
어수선한 이부자리와 거친 나무 탁자에 놓인 더러운
컵들밖에 보지 못하는 이들이 주는 충격에 왜 이토록
취약해졌는지를.


이 글이 주는 쾌감은 실패뿐 아니라 젊음에 대한 이
나라 특유의 집착을 흉내 내는 관용구의 느긋하고도
확실한 속도감에 있다.


"우리 위층에 있는 그 푸닥진 델리"

"영혼의 폭동"

"상처와 별들이 내는 목소리"

"지금은 그저 흐린 날 어수선한 이부자리와 거친 나무
탁자에 놓인 더러운 컵들밖에 보지 못하는 이들"

관용구란 본디 어떤 언어에서든 아드레날린을
곧장 치솟게 만드는 종류의 표현이라 늘 젊은 감각을
선사하지만, 뉴욕 길바닥에서 들을 수 있는 산전수전 다
겪은 그런 언어에 견줄 만한 건 지금껏 없었다. 뉴욕은
중년의 산문 작가들이 영원한 젊음의 목소리로 "난 이제
젊지 않아!"라고 외쳐대도 되는 곳이니까.

*

레너드는 이 도시를 뜬다는 언질도 없이 주말에 휴가를
떠나버렸고, 전화 자동응답기도 꺼져 있었다.
"뭘 어쩌자고 그랬어?" 나는 그가 돌아오자마자 물었다.
"아, 실수로 꺼놓고 갔나 봐." 그가 머쓱해하며 말했다.
하지만 그 말 뒤에는 공허한 웃음이 따라붙었다. "나 찾는
전화가 한 통도 없는 걸 굳이 알고 싶지 않았던 거 같아."
"하지만 누군가는 전화를 했다고. 바로 나."
"그래, 너는 했겠지, 아무렴." 그렇게 말하는 레너드의
애매한 목소리가 불길했다.

*

　8년간 애리조나에서 매년 한 학기씩 학생들을 가르쳤다. 그 도시에 갈 때마다 우연히 사람들을 마주치곤 했다.

　우연히 엘리를 만난다. 엘리는 내가 아는 작가다. 온화하면서도 어딘가 근심 어린 얼굴을 하고 있지만 안부를 물으면 표정이 환해지며 최근에 책을 한 권 계약했다는 소식을 전한다. 나는 축하 인사를 건네고 가족의 안부를 묻고 나서 우리 둘 다 아는 작가인 폴의 근황을 묻는다. 그러면 엘리가 한숨을 쉰다. 다시 근심 어린 얼굴을 하고는 늘어놓는다. "꼭 날 이겨먹는 사람이죠. 내가 로스앤젤레스에 초청받으면 그이는 하와이에 초청을 받아. 내가 책 한 권 내면 그 사람은 두 권 내고. 내가 캡스*를 따내면 그 사람은 록펠러를 받아요."

　몇 시간 뒤에 글로리아를 우연히 마주친다. 글로리아는 오래 알고 지낸 지인인데, 재정 파탄이랑 너무하다 싶을 만큼 무관심한 가족 때문에 노상 전전긍긍하는 사람이다. "어떻게 지내요?" 내가 묻는다.

* Council on the Arts Project Support, CAPS. 뉴욕주 예술위원회에서 예술가들을 선정해 창작을 지원하는 프로젝트.

"우리 부친이요?" 그가 대꾸한다. "저더러 그러더라고요, '역逆모기지 신청하면 되겠네'. 조카들? 코빼기도 못 봐요. 올케? 나 배웅하러 나올 때나 보면 좋아하려나. 오빠요? 계집애 같은 놈이죠!"

마이러는 툭하면 나를 절친으로 생각한다면서도, 늘 나를 종잡을 수 없다는 듯 의아한 표정으로 보며 묻는다. "그동안 어디 갔었어? 어디 저기, 오클라호마?"

그리고 실비아도 만난다. 심리치료의 열혈 신봉자인 그는 2년을 내리 나만 보면 싱긋 웃으며 이렇게 말하곤 했다. "저도 이제 성숙해져서 더 이상 친구들한테 걔들이 줄 수 없는 걸 달라고 요구하지 않게 됐어요. 이젠 우정을 상대가 주는 그대로 받아들인답니다." 3년째에 접어들자 실비아의 얼굴에서 웃음기가 가셨다. "지긋지긋하네요! 사는 게 시시하게 느껴진다니까요. 시시하고 불완전하게."

내 친구들도 만화경 같은 매일의 경험을 잘 흔들어 섞어야만 친밀함에서 오는 고통, 공공장소의 활기, 낯선 이들의 터무니없는 간섭 따위를 적당히 희석될 만하게 배치할 수 있었던 것이다.

코너를 돌아 7번 애비뉴로 들어서니 덩치가 산만 한 크로스드레서*가 내 앞에 떡하니 버티고 서 있다. 두 눈을 질끈 감고 양손은 마치 기도라도 하듯 모은 채 허공을 향해 외치는 중이다. "천지가 적이네!" 남자는 눈을 뜨는 순간 나와 시선이 마주쳤다. "왜죠?" 내가 소리 없이 입을 뻥긋거렸다. 그러자 그가 환한 미소를 지으며 경쾌하게 말한다. "저야 **모르죠.**"

*

10년인가 15년 전쯤 내가 아는 어떤 여자(편의상 제인 브라운이라고 해두겠다)가 미국의 유명 재력가 가문 상속자(로저 뉴먼이라고 해두자)와 연애를 했다. 사귀던 당시 두 사람은 브루클린 슬럼가에서 공익 활동을 하던 변호사였다. 제인 입장에서 그런 활동은 퀘이커교 집안에서 자라, 좋은 교육을 받고, 정치적 이상에 대한 확고한 믿음이 있는 사람으로서 자연스런 귀결이었다. 로저에겐 거저 얻은 특권이나 연애 감정 없는 정략결혼, 목적에 부합하는 자리를 꿰찰 수 없을 듯한 가업의 미래 따위에 맞선 일종의 반항이었지만.

둘은 함께 어울려 일하다 사랑에 빠졌고, 로저는 아내를 떠나 제인과 동거를 시작했다. 주변 친구들은 둘이

* 지정성별과는 통상적으로 다른 성별로 인식되는 복장으로 다니는 사람.

너무나 잘 어울린다, 행복하게 산다고들 했고, 로저가 예전보다 훨씬 더 긴 시간 일에 매달리기 시작했다는 데 놀라는 이들도 있었다. 소외 계층 의뢰인들을 좌절시키는 이런저런 법에 대한 반대 입장도 갈수록 강경해졌다. 그의 참여 의식이 더 깊어진 걸 기쁘게 생각하던 제인마저 좀 쉬엄쉬엄하라고 조언할 정도였다. 그러나 로저는 자기 삶에서 이만큼 자유를 느끼긴 처음이라고 했다. 고되지만 의미 있는 일에 뛰어든다는 게 엄청난 기쁨이라고. 그리고 그 일에 대한 신념을 공유하는 여자가 곁에 있어서 더 기쁘다고, 상상조차 해본 적 없는 기쁨이라고 했다. 둘의 관계는 2년간 지속됐다. 그러던 어느 날 오후 로저는 한마디 언질도 해명도 없이 제인과 공익 변호 활동을 모두 떠나 아내와 가업으로 돌아가겠다고 선언했다. 그리고 며칠 만에 정말 떠나버렸다.

대학생 시절 나는 친구들과 이디스 워튼-헨리 제임스 게임을 했었다. 이야기를 하나 들려준 다음 질문을 던지는 게임이다. 이런 이야기는 누가 쓸까? 워튼 아니면 제임스? 한때 자기가 끊어냈던 삶으로 퇴각해버린 로저 뉴먼의 사연에 나는 그 게임을 다시 떠올렸고, 내내 그 답이 궁금했다. 그래서 보름 전 아는 변호사가 뉴먼 일가의 정찬에 초대받았다며 같이 가겠느냐고 전화로 물어 왔을 때 두말없이 그러겠다고 했다. 그다음 주 저녁 일곱 시에 그 변호사와 택시를 타고 66번가 모퉁이에 있는 파크애비뉴 빌딩 앞에서 내려 못해도 작은 성당 정도에는 어울릴 법한 대리석과 오닉스로 장식된 로비에 들어섰다. 떡갈나무를 댄 엘리베이터에는 붉은 벨벳을 씌운 긴 의자가 놓여 있었는데, 19층에서 내리자 문은 곧바로 뉴먼의 집으로 통했다. 우리를 초대한 주인공은 내 기억대로 평범한 키에 홀쭉했고 연갈색 머리칼에 푸른 눈을 한, 은근히 잘생긴 남자였다. 그제야 나는 그가 걸친 옷이 얼마나 그에게 잘 어울리는지, 그런 옷을 걸친 그의 자태가 얼마나 우아한지에 새삼 감탄했다.

응접실은 어마어마하게 넓었다. 페르시아산 러그, 영국산 고가구, 실크 전등갓을 씌운 조명. 여자 남자 일곱 명이 자리에 앉아 있었다. 여자들은 금발에다 다리가 늘씬했고, 남자들은 어딘가 뉴먼과 흡사한 구석이 있었다. 그 여자들 중에는 로저의 아내인 시시도 있었다. 시시는 나와 악수를 나누며 그간 내 글을 읽어왔는데 이렇게 만나서 반갑노라고 했다. 나는 초대해주어 고맙다고 인사를 건넸고, 우리는 저마다 손에 잔을 하나씩 들고 자리에 앉았다. 한 시간 뒤에는 전부 일어나 저녁 식사를 차리기 시작한 식당으로 들어섰다. 금테로 장식한 접시,

얇디얇은 크리스털 와인 잔, 묵직한 은 포크가 놓여
있었다. 음식은 맛있었지만 푸짐하지는 않았다. 그러나
와인만큼은 끝없이 흘러넘쳤다.

이 사람들이 쓰는 어조, 구문, 어휘가 낯설어서 처음엔
시시한 대화란 걸 눈치채지 못했다. 온갖 주제를 꺼냈지만
슬쩍 언급만 하고 지나가려는 것이지 토론하려는 게
아니었다. 각종 뉴스 헤드라인에 3분, 유럽 여행 얘기에
7분, 현대미술관 전시 소식에 2분을 할애했다. 부동산
이야기로는 10분 내지 15분이 족히 흘렀고, 자녀 교육,
휴가 계획, 월스트리트의 최근 스캔들 등에도 비슷한
시간을 할애했다. 강한 주장은 확실히 환영받지 못했고,
대화는 그런 상태를 유지하며 이어졌다.

로저는 품격 있는 주최자로서 의자를 빼주고 접시를
건네고 유난 떨지 않으면서 조신하게 술잔을 채워주는
등 이 자리에서 흥미로운 역할을 담당하고 있었다. 그
어떤 것도 먼저 시작하지 않았고, 어리석거나 아둔한
생각을 드러내는 법도 없었다. 손님들 사이에서 진지한
의견 대립이 생기려는 기미가 보이면 로저는 분별 있는
말로 재빨리 당사자들을 진정시키고 식탁에서 갈등이
생길 소지를 없앴다. 그러는 동안 그는 시종일관 밝고
유화적이며 교양 있는 어조를 유지했다.

시시 뉴먼은 예쁘장한 여자였는데, 짜증을 부리며
음식을 깨작거렸고 화장한 얼굴 위로는 엷은 불안이 한 겹
드리워져 있었다. 어느 순간 시시는 내게 불쑥 내뱉었다.
"그래도, 아이한텐 결국 엄마가 필요하단 생각 안 드세요?"
나는 뭐지 싶어 시시를 바라봤다. "아이한테 엄마가
필요하다는 생각 나는 안 드냐고요?" 멀뚱하게 되물었다.
그러자 로저가 해맑게 웃으며 부드럽고도 다정한 목소리로
"시시, 시시, 이분 얘기는 그게 아니잖아"라고 말하더니
놀라우리만치 침착하게 다음 이야기로 넘어가서는
자기가 파악한 페미니스트로서의 내 입장을 굉장히
논리정연하게 요약했다. 그 바람에 나는 아연실색했다.
시시와 나는 그 자리에 앉아서 마치 유능한 선생 덕분에
정신적 무능력에서 도망쳐 나올 수 있음에 감지덕지한
학생들처럼 고개를 주억거리고 있었다.

그때 그런 생각을 했던 기억이 난다. 저 남자는 여기서
뭘 하고 있는 거지? 왜 자기 자신을 이런 삶 속으로 굳이
다시 밀어넣었을까? 그러고는 그를 지켜보기 시작했다.

저녁 식사를 마친 뒤, 나는 도톰하게 짠 비단을 씌운
소파 한 귀퉁이에 앉았고 로저는 내 옆에 놓인 벨벳
안락의자에 앉았다. 쉴 새 없이 흘러나오는 잡담이
우리를 에워쌌고 다들 한 번씩은 그 흐름에 끼어들었다.

하지만 로저의 시선이 우리 모두의 얼굴위로 떠올랐다 더 멀리까지 아우르며 지긋이 머무는 모습이 자꾸만 내 눈에 들어왔다. 그럴 때마다 로저는 흐뭇해하는 마음을 감추지 못했고, 묵직한 만족감을 느끼는 듯이 보였다. 그 옷을 걸치고 느끼는 편안함이 이 방에 머물 때 느끼는 편안함으로까지 확장된 게 틀림없었다. 그는 주변을 둘러볼 때마다 습관처럼 앉아 있던 벨벳 안락의자의 팔걸이를 쓰다듬었는데, 어찌나 정성스럽던지 연인의 팔이라도 어루만지는 듯했다. 그러면서 간간이 몸을 앞으로 슬며시 기울여 테이블 위 금 쟁반에 놓인 장식용 대리석 달걀을 들어 손안에서 애정 어린 손길로 부드럽게 굴리다가 조심스레 다시 내려놓곤 했다. 잔을 손에 든 채 무언가 말을 할 때는 마치 입에서 나오는 단어들보다 손가락 사이의 가느다란 크리스털 손잡이의 촉감을 더 의식하는 듯 보였다. 방에 있는 사람들은 어느 역사화 한 점의 전경 속 인물들 같았고, 주최자 로저는 명실공히 이 그림의 상속자였다.

생각이 날락 말락 했다. 이 모든 게 연상시키는 누군가 혹은 무언가가 있는 거 같은데? 다음 순간 생각이 났다. 애슐리 윌크스를 보고 있었구만. 감수성도 발달했고 자유로운 기질도 있는 사람이지만, 자기 영혼을 향해

묻기보다는 일정한 삶의 방식에 제 발로 얽매임으로써
타고난 성향을 마비시켜버린 남자.

　로저 뉴먼은 잠시나마 제인 브라운과 사랑에 빠져
빈민가에서 일하는 동안 열정이란 걸 몸소 겪어보고
싶다는 생각에 사로잡혔을 뿐이었다. 머리가 비상한
사람이었으므로 저 아랫동네에서 벌어지는 일을 죄다
겪어보고 깨치는 것도 나쁠 것 없겠다는 생각이 든
것이다. 그러나 그런 세상 속으로 들어간다는 것도 한낱
일시적인 조사의 일환이라는 사실엔 변함이 없었다.

　동행한 변호사와 늦은 밤 파크애비뉴를 따라 걷던 나는
속으로 생각했다. 헨리 제임스가 쓸 얘기지 이디스 워튼은
아니네. 워튼은 자유를 가질 수 있는 사람은 없다는
생각이었지만, 제임스는 아무도 자유를 원하지 않는단 걸
알았으니까.

*

　유럽 모더니즘의 영향이 20세기 들어 대서양을
건너왔을 때 처음 그 마침표를 찍은 곳은
그리니치빌리지였다. 한 세대의 예술가, 지식인, 언론인,
사상가가 이곳에 모여 의식의 혁명을 이뤄냈다. 이들

중에는 역사책에 길이 이름을 남길 여자들과 남자들도 있었으니, 에드나 세인트 빈센트 밀레이, 앨프리드 스티글리츠, 마거릿 생어, 유진 오닐, 에마 골드먼, 월터 리프먼 등이 그 일원이었다 ─이 뜻밖의 조합은 당시 운동의 근간이 된 사상에 이끌린 문화적 동지들의 모임이었다. 바야흐로 **경험**이 전부였고, 모두가 그걸 원했다. 거침없는 성적 모험, 놀라우리만치 과감한 대화, 극도로 기괴한 옷차림 같은 것들. 이들은 결혼도, 생계를 위한 돈벌이도, 출산도, 투표도 하지 않고 자유롭게 살겠다는 선언을 하기도 했다. 이런 풍조는 그리니치빌리지식 급진주의의 터무니없는 관행이 되었는데, 에벌린 스콧만큼 이를 엄격히 고수한 사람도 드물었다. 에벌린 스콧은 1920년대 작가로, 한때 그리니치빌리지의 모더니스트들 사이에선 그의 이름을 모르는 이가 없었으나, 30년 뒤엔 영국 출신 알코올의존자이자 작가인 남편과 함께 맨해튼 어퍼웨스트사이드의 어느 하숙집에 사는 신세가 됐다. 둘 다 늙고 병든 반미치광이에 거의 무일푼 상태였다.

에벌린은 1963년에 죽었고 그 영국인 남편은 옛 친구들의 도움으로 런던에 돌아가 몇 년 뒤 그곳에서 죽었다. 알코올의존증으로 혼수상태에 빠진 그는,

뉴욕에서 에벌린이 세상을 떠날 당시 살던 곳과 거의
흡사한 하숙집에서 세상을 떴다. 유품이라고는 쇼핑백 몇
개와 작은 여행가방 몇 개, 트렁크 한 두 개가 전부였다. 이
짐들은 헌책방을 겸하는 어느 골동품 가게로 보내진 뒤
거기서 10년 넘도록 먼지를 뒤집어쓰고 있다가 요크셔의
어느 싸구려 중고품 가게로 다시 보내졌다. 1970년대
후반, 문학에 관심 많은 어느 아마추어 서적상이 하루는
이곳에 들러 우연히 트렁크 하나를 열었다가 그 안에
든 에벌린 스콧의 편지, 일기, 소설들(이미 출간된 작품의
원고들)을 발견하고는 읽어나가기 시작했다. 처음에는
긴가민가했지만 그는 이내 그 글에 푹 빠져들었다. 이
여자는 대체 누구지? 어쩌다 이 책들을 쓰게 된 걸까?
그런데 왜 이 여자에 대해 들어본 적이 없었을까?

　이 서적상(D. A. 캘러드라는 사람이었다)은 그 뒤로
5년에 걸쳐 대서양을 건너 북미와 유럽을 오가며
답을 찾고자 애썼다. 이런 노고의 결실이 바로
1985년 출간된 『여자치고는 꽤 훌륭한*Pretty Good for a
Woman*』(윌리엄 포크너가 스콧의 작품에 대해 농담이랍시고
한 말이다)이라는 제목의 전기였다. 미국에서 이 책이
출간되자 한 친구가 나를 찾아와 탁자에 한 권을 툭
던져놓으며 말했다. "이거 딱 네 맛이던데." 과연 그랬다.

1893년 테네시에서 태어난 그의 본명은 엘시 던이었다. 아주 어렸을 적부터 주변에선 다들 그를 거침없고 문학적이고 요염한 아이로 취급했다. 1913년 스무 살 나이에 그는 마흔네 살 유부남인 대학 학장과 브라질로 도망쳤다. 이 수상한 커플은 이때 이름을 각각 에벌린 스콧, 시릴 스콧으로 바꿨다. 둘은 몇 년간 동거하며 세계 각지를 떠돌았고 아이도 한 명 낳았으며 국외자로서 갖게 되는 모든 관점을 공유했다. 에벌린은 이 관계를 통해 무모한 삶에 대해서도 결연한 태도를 갖게 되었다.

브라질에서 그는 고국의 군소 잡지사들에 단편소설과 시를 써서 보내기 시작했다. 이미지즘 계통의 사고와 문법에 재능이 있었던 그는 작품이 채택되며 이름을 알리기 시작했다. 1919년 그리니치빌리지에 도착할 무렵에는 인맥이랄 것도 생겼다. 그 동네의 작가며 화가며 만나자마자 금세 아는 사이가 되었으니, 거기선 에벌린을 모르는 사람이 없었다.

그리니치빌리지는 사방이 온통 아나키즘, 프로이트의 정신분석학, 성적 급진주의 분위기로 가득했다. 에벌린은 그 모든 것을 품었다. 그것도 무지막지하게. 그는 『다이얼Dial』『에고이스트The Egoist』『리틀리뷰The Little Review』 등에 글을 싣기 시작했다. 제임스 조이스와 D. H.

로런스를 옹호했고 자작시를 게재한 이래 15년간은 꽤나
꾸준히 소설과 비평을 쓰기도 했다. 그는 총 열두 편의
소설, 두 권 분량의 시, 회고록 두 편, 희곡 한 편을 썼다.
글은 찬란했다가 도무지 읽을 수 없는 지경이었다가
오락가락했다 — 의식의 흐름 문체로 쓸 때도 있고 독일식
표현주의를 따를 때도 있고 도스 패소스*의 모더니즘
풍일 때도 있었다. 어떤 스타일로 쓰든 무난하지는
않았다. 그의 소설에 대한 비평엔 '과대망상'이라는
단어가 번다하게 등장했다. 글 자체의 고매한 순수성에
대한 환상과 다른 사람들도 작가 자신처럼 인생과
예술에 대해 적나라할 정도로 솔직해야 한다는 주문을
지적한 말이었지만, 어쩌면 에벌린의 성격에도 적용되는
이야기였는지 모른다. 시릴 스콧은 회고록에서 에벌린에
대해 이렇게 표현했다. "[그가 인정하는] 선함의 유일한
표시는 과묵함의 완전한 결여였다. 에벌린은 그걸
'정직'이라 불렀고 (…) 그에 동의하지 않는 사람과는
관계를 끊었다."

　에벌린은 애인을 곧잘 만들었고, 그 가운데는 비평가
월도 프랭크, 시인 윌리엄 칼로스 윌리엄스, 그리고

* '미국 3부작'으로 유명한 소설가 존 도스 패소스를 말한다.

토머스 머튼의 부친이기도 한 화가 오언 머튼도 있었다. 윌리엄스와 만날 당시 에벌린은 스물일곱이었다. 윌리엄스는 에벌린에게 장차 무르익어갈 재능이 있다고 여겼다. 그러나 머지않아 생각을 바꿨다. 에벌린은 글에서나 관계에서나 항복을 요구하는 남다른 고집의 소유자였다. 나중에야 드러난 사실이지만, 그런 고집은 결국 극심한 편집증으로 변해버릴 집착의 서막이나 다름없었다.

그래도 에벌린은 같이 있으면 신나고 기억에 남는 사람이었다. 에마 골드먼, 케이 보일, 캐럴린 고든 등 내로라하는 인사들이 그에게 애정을 품고 가까이 지냈다. 그들의 마음을 움직인 그 재기와 광기, 에벌린을 움직이던 그 허기는 자유분방한 보헤미안의 삶에서 돌파구를 만났지만 더 나은 작품이 되는 방향으로 다스려지지는 못했다.

1920년대가 저물 무렵, 한 세대의 예술가 전체가 문득 그들의 작업을 원하는 사람이 없다는 사실을 깨달았다. 서정적 모더니즘은 하룻밤 사이에 사회적 리얼리즘에 자리를 내준 터였고, 에벌린 스콧의 글은 (다른 여러 작가의 글과 함께) 과거의 유물이 돼버렸다. 더 이상 글을 발표할 수 없게 된 그는 방향감각을 완전히 상실했다.

핍박받고 있다는 예리한 감각과 공산당이 자기를
둘러싸고 음모를 꾸미고 있다는 확신으로, 그는 적색
위협*에 대한 글을 꾸준히 쓰기 시작했다. 인쇄물로도
써내고, 사적인 서신에도 쓰고, 그러다 마침내 미
연방수사국FBI에까지 서한을 보냈다.

　몇 년이 흘러 에벌린 부부는 어퍼웨스트사이드의 그
하숙방에서 입에 근근이 풀칠하는 처지가 됐다. 1950년대
후반의 어느 날 브로드웨이에서 우연히 에벌린과
마주쳤던 시인이자 비평가 루이즈 보건은 훗날 친구 메이
사턴에게 보낸 편지에서 이날의 만남에 대해 다음과 같이
적었다.


　이번 주 초에 서글프면서도 좀 소름 끼치는 만남이
있었어. 늙고 가난해진 에벌린 스콧을 만났거든. (…)
신경이 잔뜩 곤두서서 초췌해진 몰골이 보통 미친 게
아니었지. (…) 내가 [스스로] 두려워했던 바로 그런
몸 상태였던 데다, 웨스트 70번가 폐허나 다름없는
구역에서 살고 있더라고. 퀴어, 늙은이, 망한 사람들
셋방이나 여관방에 되는 대로 받아서 썩어들어가는


* 냉전 시대 소련의 위협을 이르던 표현이다.

사람들한테 암울까지 드리우는 데잖아. 거기가 집결지라니까! 날 거기 있는 무슨 누추하고 좁아터진 찻집에 데려가더니 자기가 찻값을 내겠다고 우기질 않나, 개어놓은 옷가지 틈에서 영영 출간될 일 없을 원고를 한 번씩 꺼내 보이더라니까. 난 그 사람 글 한 번도 안 읽어봤거든, 전성기 때도 말야. 게다가 요즘 쓴 시는 아주 끔찍한 수준이야. 편집증도 현재 진행형이더라고—사물이든 사람이든 다 자기 적이네, 캐나다 햄스테드 뉴욕 캘리포니아에서 자길 상대로 음모를 꾸미고 있네, 원고를 누가 계속 훔쳐가네 이러쿵저러쿵. 알다시피 난 미친 사람들이 진짜 무섭거든. 그러면서 약간은 끌리기도 해. 재능이란 게 동전의 뒷면 같은 거잖아. 그러니까 에벌린 스콧이랑은 거리를 둬야겠어. 그 사람한텐 그로브 출판사에 원고를 보내보라고 했어. 그게 내가 할 수 있는 최선이야.

두 여자는 브로드웨이에서 헤어져 한 명은 북쪽으로 다른 한 명은 남쪽으로 찢어졌다고 한다. 몇 걸음 떼기가 무섭게 에벌린이 돌아보며 외쳤다. "근데 편집자 이름을 알아야죠! 내 시가 엉뚱한 비서 손에 들어가게 둘 순 없어요!"

상상해보라. 웨스트엔드애비뉴에서 코너를 막 돈 어느 여대생이 작가가 된 삶을 상상해보려는 그 순간, 에벌린 스콧이 "편집자 이름을 알아야죠!"라고 소리를 지르는 광경을.

*

뉴욕대학 인근의 어느 카페에서 젊은 여자 둘이 얘기를 나누고 있다.

"있잖아, 나 지난주에 브로드웨이에서 「로미오와 줄리엣」 봤어." 한 명이 말한다.

"어, 그래? 현대식이야?" 다른 한 명이 묻는다.

극장에 다녀왔다는 여자가 이마를 찡그렸다가 말한다. "세팅은 현대인데 대사는 그대로더라. 그래도 볼만해."

통로 반대편 자리에는 책을 읽는 젊은 남자 둘이 앉아 있다.

"그거 알아?" 한 남자가 말한다.

다른 남자가 책을 보다 말고 고개를 든다.

"플로베르 모친이 플로베르한테 이런 편지를 썼대. '문장에 대한 지나친 집착이 네 심장을 말라비틀어지게 만들었구나.'"

이 말을 들은 남자도 이마를 찡그리더니 말한다.
"그래서?"

＊

　한동안 나는 하루에 9킬로미터씩을 걸었다. 머리를
비우고 거리의 삶을 경험하고 오후의 우울감을
떨쳐내려고. 그렇게 걷는 동안 쉴 새 없이 공상에 빠졌다.
때로는 사랑이나 찬사를 받았던 기억 속 순간들을
이상화하며 과거의 꿈속으로 빠져들기도 했지만, 대체로는
미래를 꿈꿨다. 영원불변의 가치가 담긴 책을 쓰고 인생의
동반자를 만나고 내가 아직은 되지 못한 유형의 여자가
될 내일. 아, 그런 내일이라니! 힘이 불끈 솟는 그런 상상
덕분에 대책 없이 무기력하던 숱한 날들을 어찌나 멋지게
지나왔던지. 나도 시모어 크림과 다를 바 없이 오랜 세월
걷고 또 걸었던 그 수많은 거리와 가로수 길을 터벅터벅
걸어다니며 지치지도 않고 꿈에 그리는 인생에 대한
새로운 시나리오를 구상하게 될 줄이야. 그러다 예순이
되던 어느 날 어떤 낯선 사건이 아늑하게 짜여 있던 이
구성을 사정없이 내동댕이쳤다.
　그해 봄 나는 애리조나에서 학생들을 가르치고 있었고,

매일 동네 외곽 도로를 따라 걸으며 나를 둘러싼 물리적인 아름다움(산, 사막, 선명한 빛)에서 새로운 기쁨을 찾았지만 언제나 그렇듯 머릿속으론 영화 한 편을 재생시키는 중이었다. 4월의 어느 오후였을까, 머릿속 그 영화 한중간쯤에 일종의 흑백 정지 화면, 그러니까 전파장애가 생긴 텔레비전 화면 같은 것이 갑자기 끼어들었다. 그렇게 '이야기'는 눈앞에서 말 그대로 무너져 내리기 시작하더니 정말로 끝이 나버렸다. 그 순간 무언가 매캐한 맛이 입안을 가득 메웠고, 저 깊은 곳에서부터 내 자신이 수축되는 걸 느꼈다. 그게 무엇인지는 알 수 없었다.

　너무나도 이상하고 또 당황스러운 일이라 놀랐다기보단 어리둥절한 느낌이었고, 그저 속으로 기이한 일이 일어났네, 또 그러지는 않겠지, 라고만 생각했다. 하지만 그 이튿날도 완전히 똑같은 일이 벌어졌다. 나는 그 포장도로를 따라 걷고 있었고 머릿속에선 새로운 영화 한 편이 상영 중이었는데 같은 일이 또 일어난 것이다. 이야기는 합선이라도 일어나듯 뚝 끊겼고 입안 가득 매캐한 맛이 감돌더니 형언하기 어려운 불안이 나를 새파랗게 질리게 했다. 셋째 날에도 그 모든 과정이 그대로 반복되니, 어떤 엄청난 변화가 시작됐다는 사실이 분명해졌다.

머지않아 나는 잔뜩 긴장을 하다 못해―입에서 또
그 고약한 맛이 느껴질까 두려워하다―몽상을 참고
싶어졌는데, 그게 글쎄 참아지는 것이었다. 그 뒤로
머릿속에서 이미지들이 생겨나기 시작하면 그것들이
자리를 잡기 전에 곧바로 싹 훔쳐내버릴 수 있게 됐다.
정말로 이상하고 흥미진진한 일이 벌어진 건 바로
그때였다. 일상적인 일을 하려고 들면 두 눈 안쪽에서
거대한 공허가 펼쳐졌다. 아무래도 그 몽상이 내가
상상했던 것 이상으로 자리를 잡아먹고 있었던 모양이다.
깨어 있는 시간 대부분을 공상에 저당잡히는 바람에 지금
여기에는 의식의 자투리만을 쓰기라도 했던 듯이. 그런
확신이 든 건, 하루에도 몇 번이고 그 맵싸한 맛이 내
입안을 점령하려 들었기 때문이다.

놀라운 통찰이었다. 나는 몽상이 그간 내게 무슨 일을
해주었는지 깨닫기 시작했다―무슨 짓을 해왔는지도.

기억할 수 있는 시점 이후로 평생, 나는 내가 무언가를
원하는 상태라는 게 들통날까 봐 두려웠다. 원하는
일을 하면 기대에 못 미칠 게 분명했고, 알고 지내고
싶은 사람들을 따라가봤자 거절당할 게 뻔했으며, 암만
매력적으로 보이게 꾸며봤자 그저 평범해 보일 것이었다.
계속 움츠러들던 영혼은 그렇게 손상된 자아를 둘러싼

모습으로 굳어져버렸다. 나는 일에 몰두했지만 마지못해 그럴 뿐이었고, 가끔 좋아하는 사람들을 향해 한 걸음 다가서는 일은 있어도 두 걸음을 옮긴 적은 없었으며, 화장은 했지만 옷은 되는대로 입었다. 그 모든 일 중 무엇 하나라도 잘해낸다는 건 별생각 없이 삶과 관계 맺는 일, 다시 말해 내 두려움을 사랑했던 것 이상으로 삶을 사랑하는 일이었을 텐데, 그것이야말로 내가 할 줄 모르는 일이었다. 내가 확실히 할 줄 아는 건 몽상으로 세월 흘려보내기였다. 그저 '상황'이 달라져서 나도 달라지기를 간절히 바라고만 있는 것.

예순이 된다는 건 앞으로 살날이 여섯 달 남았다는 시한부 선고를 듣는 것과 비슷했다. 내일이라는 몽상 속 피난처로 숨어드는 것도 하룻밤 새 옛일이 되어버렸다. 이제 남은 것이라곤 오직 텅 비워진 방대한 현재뿐이었다. 이걸 채우는 작업에 진지하게 임하겠다고 그 자리에서 다짐했다. 물론 말이 쉽지. 몽상을 끊는 건 어렵지 않았지만 그 긴 세월 해본 적도 없는, 현재를 점유하는 일을 대체 어떻게 해낸단 말인가? 정신을 차리고 보면 내 이 번잡스런 머릿속이진 않을까 하는 두려움 속에서 여러 날이 지났고, 여러 주 여러 달이 지났다. 버지니아 울프가 말한 '존재의 순간들'을 자주 생각한 날들이었다 ─ 내겐 그런 순간이 전혀 없었으므로.

그러다 어느 순간─어쩌면 하루아침에─거리에서의 우연한 마주침을 계기로 깨닫게 됐다. 내가 움직일 때마다 내면의 공백이 흔들리고 있었다는 걸. 한 주가 지나고 또 다른 마주침이 있은 후 이상하게도 생기가 감도는 느낌이 들었다. 세 번째 마주침 만이었다. 피자 배달부와 유쾌한 대화를 주고받은 뒤 가던 길을 계속 가는데 좀 전에 주고받은 문장들이 머릿속에서 자꾸만 되풀이됐고 그때마다 새삼스럽게 웃음이 나면서 충만한 감정이 점점 더 깊어졌다. 무언가 다듬어지지 않은 풍성한 에너지가 가슴속 텅 빈 공간에서 부풀어오르기 시작했다. 시간은 점점 더 빠르게 흘렀고 공기는 따스하게 빛났으며 그날의 색채도 차츰 선명해져갔다. 입안엔 산뜻함이 감돌았다. 심장을 지그시 눌러주는, 신기하고도 포근한 감정은 기쁨과 매우 흡사하게 느껴졌다. 동시에 나도 예상치 못했던 예리한 감각으로 그것의 의미 대신 인간 존재의 경이에 주목하게 됐다. 내가 내 살갗을 메우고 현재를 점유하던 게 바로 그 거리에서였음을 깨달았다.

\*

"나는 남성적 에너지 싫어. 너무 딱딱하고 너무 앞만 보고 너무 직접적이야. 재미없어. 그 몸짓, 동작, 그 뻔한 짓거리들 전부. 꽉 막혔어. 여자들이랑 있을 때하고 달라. 뉘앙스도 없고 강약도 없고. 도무지 매력이란 게 없다니까. 가끔은 숨이 턱턱 막혀."

여자들이 이런 말이든 이 비슷한 소리든 하는 건 허구한 날 들었다. 그런데 이번엔 레너드가 그런 말을 하고 있었다.

＊

어린 시절의 상처에서 벗어난다는 건 영원한 미완의 과제로, 죽어가는 순간까지도 완결되지 않는다. 암 말기였던 내 친구는 거친 원가족의 울타리 안에서 받은 고통을 보상해줄 만한 결혼 생활을 선사해주지 못한 남편과의 힘겨루기에 여전히 골몰했다. 한결같이 충실했고 길고 고통스러웠던 투병 기간 내내 든든히 곁을 지킨 남편이었지만, 친구는 바람둥이였던 부친을 믿지 못했듯 그에게 좀처럼 믿음을 주지 못했다. 임종을 몇 주 남겨놓았던 어느 날, 그 남편이 멀리 친구들을 만나러 하루 다녀오는데 그동안 교대로 병간을 해달라는 부탁을 해 왔다. 이튿날 아침 병상 옆에 남편 대신 자리를 잡자마자 친구는 내 팔을 붙들더니 씩씩대며 말했다. "마이크한테 딴 여자가 있는 것 같아." 내가 말없이 빤히 쳐다보자 친구는 발끈했다. "못 해먹겠어! 이혼할 거야."

어느 여름날 토요일 오후 다섯 시, 엄마랑 엄마네 집 근처 맨해튼 주택가 앞길을 걷고 있다. 이글거리는 햇볕이 익숙한 풍경 위로 내리쬔다. 사이렌이 왱왱대고 자동차 경적이 빵빵대고 콘에드 비상대피훈련이 진행되는 와중에 히스패닉 세 명이 말다툼을 하고 있고 레즈비언 둘은 껴안고 있고 마약중독자 한 명은 상점 유리에 몸을 기댄 채 주르륵 쓰러지는 중이다. 그들에겐 엄마나 나나 아무 신경을 쓰지 않는다. 특히나 엄마는 내게 가슴속 맺힌 한을 풀어놓느라 여념이 없다. 어떤 의미에선 이런 이웃이 우리 엄마 같은 뉴요커를 만든 셈이었고, 다른 한편으론 엄마가 한세상 내가 알아온 바로 그 여자, 고집스레 인생에 화를 내는 여자로 남아 있단 뜻이기도 했다.

우리는 길에서 우연히 메라를 만났다. 가끔 자기 남편과 산책을 하곤 하던 이웃이었다. 이번엔 혼자 여섯 시에 하는 영화를 보러 가는 길이란다. 우린 잠시 안부를 주고받은 뒤 각자 가던 길을 간다.

"토요일 밤인데, 저 여자 혼자 돌아다니네?" 뭔가 뼈 있는 목소리다.

"오후 다섯 신걸," 내가 대꾸한다.

"영화 보고 나오면 밤일 거 아냐," 엄마가 말한다.

나는 어깨를 으쓱한 뒤 답한다.

"남편은 어디 일 보러 갔나 보지."

"뭐, 영업이라도 하나?" 엄마가 또 묻는다.

몇 블록 더 걷자니 이번엔 그로스먼 아줌마를
마주친다. 역시 인근 주택가에 사는 이웃인데, 잘 차려입고
공들여 화장한 그는 내일모레면 여든이다.

"저기, 라이어널 러빈이 죽었다는 게 진짜야?" 아줌마가
엄마에게 묻는다.

"어, 죽었어." 엄마가 무덤덤하게 대꾸한다.

"혼자 죽었나?"

"응, 혼자 죽었지."

"근데, 그 남자 괜찮은 사람이었어?" 이번엔 알랑거리는
목소리다.

"아니, 괜찮은 남자는 아니었지." 엄마가 잘라 말한다.

"아아······" 아줌마는 건성으로 혀를 차며 덧붙였다.
"안됐네. 정말로, 안됐어."

아줌마가 멀어지기 무섭게 엄마는 들릴락 말락
소곤거린다. "다들 저 여자 싫어하잖아."

이번엔 보리스가 나타난다. 좌파 노인인 보리스는 반 블록 떨어진 저만치서부터 우리 쪽으로 주먹을 흔들며 다가온다.

"빌어먹을 새끼들! 그 워싱턴 새끼들이 뭔 짓을 했는지 들었어?" 보리스가 소리를 질러댄다.

"아니, 보리스. 아직 못 들었는데. 워싱턴 그 새끼들이 뭔 짓을 했길래?" 엄마도 소리를 지른다. 엄마는 눈을 가늘게 뜨더니 보리스가 우리 있는 데까지 오기도 전에 나한테 이런다. "저 양반한텐 영원히 1948년이지."

나는 말을 않고 엄마를 빤히 본다. 엄마도 고개를 들더니 질세라 나를 마주본다.

"그래, 알았어. 너 무슨 생각하는지 안다." 엄마가 말한다.

나는 계속 입을 다문다.

한 블록을 더 가서는 엄마가 버럭 고함을 지른다. "진짜 못 참겠어! 이 인간들!"

"아직도 다 못마땅하지, 응, 엄마?"

*

34번가에 러시아 소녀 둘이 서 있다.

한 명이 발을 구르며 외친다. "니예트 그리샤(그리샤는 안돼)!"

머릿속으로 나도 발을 굴러본다. "조지는 안돼!"

*

내 책상머리 게시판엔 로버트 카파의 유명한 사진 한 장이 몇 년째 꽂혀 있다. 프랑스 어느 해변에서 1948년에 촬영한 사진으로, 긴 면 원피스 차림에 챙이 넓은 밀짚모자를 쓴 젊은 여자가 미소를 지으며 모래밭을 가로질러 걷고 있고, 나이는 지긋해도 체격은 다부져 보이는 남자가 여자의 머리 위로 큰 양산을 펼쳐 든 채 그 뒤를 따라 걷는 모습이 마치 여왕과 종 같다. 사진 속 젊은 여자는 프랑수아 질로고, 늙은 남자는 파블로 피카소다. 로버트 카파가 예술가였던 만큼, 사진에는 감정의 복잡성이 고스란히 담겨 있다. 처음 눈에 들어오는 것은 질로의 미소에서 은은히 번져 나오는 승리감이고 그 바로 뒤로는 종처럼 사근사근한 피카소의 태도가 보인다. 그러나 계속 보다 보면 질로의 눈빛에선 자기 권력이 영원하리라고 믿는 마음을 엿볼 수 있고, 그걸 보고 나면 피카소의 가장된 떠받듦 이면에 감춰진 차가운 속심俗心도

보일 것이다. 그야말로 제대로 된 한 방이다. 질로는 영광의 순간을 맞은 앤 불린*이고 피카소는 그를 실컷 맛볼 참에 입맛을 다시는 왕인 셈이니까.

너무나도 생생해서 기실 충격으로 다가오는 이 사진은 짜릿함과 오싹함을 동시에 안긴다. 평소에는 그쪽을 잘 쳐다보지도 않는 편이지만 이 사진을 제대로 봐버리는 날엔 어김없이 통증과 쾌감이 비등비등하게 밀려들곤 한다. 문제는 정말 팽팽하게 비등비등하다는 것이다.

*

토마스가 암에 걸렸다고 대니얼이 전화로 알려 왔다. 서너 해 동안 그를 만나지도 소식을 듣지도 못했지만 오랜만에 들은 이번 소식은 숨이 턱 막히는 충격으로 다가왔다. 우리는 전부 브롱크스의 한동네에서 같이 자랐다. 열 명, 열댓 명 되는 애들이 초등학교부터 대학에 가서까지 끼리끼리 어울려 지냈다. 언제부턴가 각자 사는 꼴을 갖춰가기 시작하면서 대부분 멀어져버렸지만 그래도 소식은 이어졌다. 누군가와 처음 성적 흥분을 주고받은

* 헨리 8세의 두 번째 부인으로 천 일간 왕비로 지낸 뒤 처형당했다.

것도, 애지중지했다가 배신을 당하기도 하는 우정을 처음 경험해본 것도, 특권의식이 요상하게 고개를 들었다 또 요상하게 꼬리를 내리는 기분을 처음 맛본 것도 다 그 무리 속에서였으니 그럴 만도 했다. 토마스는 그중에서도 특별한 친구였다. 실존적 불안이라는 것의 실마리를 처음으로 제공해준 인물이었으니까.

토마스가 우리와 어울리기 시작한 건 다들 열두 살쯤 되었을 무렵이었는데, 그 애는 고아에 외국인이었다. 이탈리아에서 나고 자랐고 유럽 어딘가에서 교통사고로 부모를 여의고 마치 택배상자처럼 미국으로 보내져 우리 동네 옆 아파트에 사는 고모네 가족에게 온 아이였다. 어느 날 말없이 어둡고 심각한 얼굴로 나타난 그 애는 길 한복판에서 공놀이를 하던 남자애들 무리를 바라보며 주변에 가만히 머물렀다. 그렇게 그냥 보고만 있었다. 이튿날도 거기에 있었다. 그 이튿날도. 어둡고 심각한 모습으로 말없이. 몇 년 뒤 그 애가 귀띔하길, 자기가 말이 없었던 건 영어를 거의 못했기 때문이라고 했다. 하지만 우리가 아는 토마스는 영어를 배운 뒤에도 늘 그 기이한 침묵 때문에 묘하게 신경이 쓰이던 남자애였다. 그런 그를 약 올려 화내게 만들고 싶단 충동이 우리 한 사람 한 사람에게서 강하게 일었다.

아이들이 필요로 하는 만큼의 관심을 건넬 만한 시간도 심적 여유도 없는 노동자 계급 이민자들의 자녀였던 우리는, 거리에 나와 서로가 서로에게서 끌어내는 반응 속에서 자기 존재를 감지하는 일에 온통 정신이 팔려 있었다. 우리의 놀이는 사실 진짜 놀이였다기보다 우리에게 유일하게 중요했던 그 사회의 가치와 존중이란 위계 속에서 힘과 요령, 술수와 기발함으로 매일 각자가 설 자리를 정하는 연습에 가까웠다. 길바닥 아이들의 놀이란 그런 것이었다. 이 모든 것으로부터 토마스는 멀찍이 떨어져 따로 서 있었다. 다른 애들처럼 그 애도 학교가 끝나면 매일 거리에 나와 있었지만 공놀이를 하지도 낱말 맞추기 놀이를 하지도 말다툼하는 무리에 끼는 법도 없이 그저 인도에 서서 친구들을 바라만 봤다. 이따금 우리 중 누군가가 말을 걸기도 했지만, 그때마다 그 애는 단답형으로만 대꾸했다.

보통 그런 애는 그냥 무시하거나 대놓고 따돌릴 법도 한데 토마스가 유지했던 그 일정한 거리는 역설적이게도 우리를 자석처럼 끌어당겼다. 그 애는 저만치 떨어져 있는 것만으로도 어쩐지 이상하게 마음을 끌었다. 왜 그런지 물어도 누구 하나 마땅한 이유는 대지 못했겠지만, 여자애 남자애 할 것 없이 우린 다들 토마스를 반응하게 만드는 걸 달성해야 할 목표처럼 여겼다. 토마스의 행동에는 어떤 식으로든 판단이 반영돼 있었으므로, 우린 그에게 심사를 받고 부족한 부분을 지적받는 듯한 느낌을 받았다. 이제 와 드는 생각인데, 친구들은 저도 모르게 자기가 좀더 착하고 똑똑하고 재미있는 사람이 되거나, 좀더 개성 있고 당당한 모습을 보여주면 토마스가 기꺼이 어울려줄 텐데 그러질 못하고 그러질 않아서 계속 겉도는 거라고 느끼기 시작했던 것 같다.

나이를 먹은 뒤에도—길에서, 날이 궂으면 과자 가게나 건물 복도 같은 데서 어슬렁거리는 십대가 되고도—우린 여전했다. 그즈음 우리가 하던 놀이 중에는 몇 시간씩 이어지는 열띤 논쟁도 있었는데, 우리 가운데 적어도 두 명은 반기를 들었고 나머지 애들도 요란스럽게 끼어들며 각자 어느 한쪽 편을 들곤 했다. 그때도 혼자만 열외였던 토마스는 언제나처럼 우리와 함께이면서도 따로 떨어져 있었고, 우린 변함없이 토마스의 동의를 간절히 바랐다. 갑론을박이 한참일 때 우리 중 누군가는 꼭 토마스를 쳐다보며 묻곤 했다. "넌 어떻게 생각해, 토마스?" "맞잖아, 안 그래, 토마스?" 그러면 토마스는 마치 '어유, 너넨 어떻게 그 지경이냐'라고 말하듯 시큰둥하게 고개를 가로젓거나 마지못해 동조하듯 주억거렸다.

하지만 우리가 변변찮은 지적 능력의 바닥을
드러내면서 서로를 깔보고 모욕하는 데나 열을 올리기
시작할 때 토마스가 불쑥 끼어들어 우리를 놀라게 한
적도 한두 번이 아니었다. 그 애가 지적하는 건 논쟁의
특정 요소가 아니라 우리의 언어적 패악이었다. 한쪽을
편들거나 특정한 의견을 옹호한 적은 단 한 번도 없었지만,
이맛살을 찌푸리고 입을 벙긋거리다 자기도 혼란스럽다는
표정으로 냉정하게 의견을 밝히곤 했다. "이건 아냐, 이건
아니지." 그쯤 되면—이유는 누구도 말할 수 없었지만—
싸우던 목소리들이 잠잠해지고 우리는 각자 상황을
되돌아보게 됐다. 토마스는 바로 그렇게 우리의 솔로몬이
되었다. 그는 도덕적 올바름의 중재자였다. 우리가
행동으로 표출하고 그는 그러지 않을수록, 논쟁이 격화될
때마다 중재를 청하며 더 그를 찾게 됐고, 그를 찾아가는
일이 잦아질수록 누구에게 더 유리한 판결이 나올지
그의 판단에 더 촉각을 곤두세우게 됐다. 그리고 이 모든
건 언제나 그가 아쉬울 게 없는 쪽이었기 때문에 가능한
일이었다.

곧 여자들에게 토마스가 거부할 수 없는 존재라는
사실이 자명해졌다. 정작 그 자신은 여기서도 늘 아쉬울
게 없었지만, 열여덟이 되면서부터 소녀 숙녀 할 것 없이

여자들이 그 주변에 우글거렸고, 같이 잠을 잤든 안

잤든 토마스는 그 한 사람 한 사람에게 깍듯하게 예의를

차렸다. 여자들은 저마다 자기는 예외일 거라고 잠시나마

확신했지만, 누구 하나 한 걸음 물러서 있는 그를 어쩌지

못했다.

　언제 떠오른 생각인진 모르겠지만 일찍이 겪었던

상실─부모, 언어, 심지어 조국─의 경험만으로는 그가

그런 사람이 된 이유가 충분히 설명되지 않는 듯했고,

그런 상실이 다른 어딘가에 근원을 둔 어떤 조건의

객관적상관물\*이라는 생각이 들기 시작했다. 그러던 어느

날 나는 토마스가 거리를 두는 대상이 우리가 아닌 그

자신이며, 그 거리감의 성격이 아득히 오래전부터 결정된

것임을 깨달았다. 그제야 토마스는 거의 날 때부터 자기

자신에게 낯선 사람으로 남을 운명이었다고 (지금처럼)

생각했던 기억이 난다.

　어릴 적 우리는, 훗날 삶에서 본질적으로 원초적인

것이라고 인식하게 되는 내면의 유리遊離를 처음으로 언뜻

보고 그것을 목격하고 있었던 것이다. 브롱크스에서 산

이래 나를 포함해 내가 아는 거의 모든 여자가 적어도 한

---

\* 문학작품에서 특정한 정서나 사상을 표현하기 위해 찾아낸 사물, 정황,
사건을 말한다.

번은 토마스와 사랑에 빠졌고, 우리의 온기로 그 냉기의 중심을 꿰뚫을 수 있으리라는 똑같은 헛된 희망을 품었다. 헛되다고 하는 건 얼마만큼의 사랑을 퍼붓든 그 원초적 멜랑콜리아의 쓰나미 같은 위력을 꺾을 수는 없었기 때문이다.

어린 우리로선 그중 어떤 것도 제대로 이해할 수 없었지만, 그럼에도 그 모든 걸 우리 자신의 인간성에 대한 일종의 위협으로 인지했고 꽤나 적절하게 경험했다. 하나같이 억센 촌사람—대체로 미신에 빠지기 쉬운 부류—의 후예들이었던 우리가 몽둥이를 휘둘러 위협을 물리치는 대신 그것을 유혹함으로써 살아남으려 안간힘을 썼다는 건 꽤나 놀라운 일이었다.

사십대가 되고 언젠가 토마스는 말했다. "난 늘 사람들한테 좀 알 수 없는 영향을 줬지. 그들이 얻으려는 게 내게 있기라도 한 것처럼, 내가 무슨 비밀이라도 있어서 자기네들한테 거리를 둔다고 생각한다니까. 대체 왜들 그러는지 영문을 모르겠더라고. 사람들한테 일부러 열심히 이야기했어. 특히 여자들한테. 있잖아, 자기야, 당신이 보는 게 내 전부야. 그게 다라고. 그래도 내 말을 안 믿어. 항상 뭔가 더 있을 거라고들 생각하지. 근데 없거든. 진짜야. 없어."

토마스의 말을 정말로 믿었던 나는 어릴 적 그가 우리에게 미쳤던 영향뿐 아니라 그 영향을 이해하는 데 반평생이 걸렸다는 것까지 어떻게든 설명해보려 했다. 그러면서 말했다. 그것도 순전히 시간이 흘러 내 안에서도 어쩌다 그런 위험한 단절이 작동하는 게 언뜻언뜻 보였기 때문에 알아내게 된 거라고. 딱한 토마스는 내가 대체 뭔 소리를 하는지 알아듣지 못했다. 그저 그 옛날처럼 나를 바라보며 같은 자리에 서 있을 뿐이었다.

*

어느 봄 금요일 이른 아침, 세 방향에서 오던 차들이 애빙던 광장 한복판에 멈춰 섰고, 그 틈바구니에서 쥐 한 마리가 미친 듯이 오락가락하고 있었다. 한 남자가 모퉁이를 돌아 내가 서 있던 자리 가까이로 다가오는데 얼이 빠진 표정이다. 사십대쯤 돼 보이는 남자는 카키색 반바지에 밝은 파랑색 캠프셔츠 차림으로 양손에는 홀푸드 쇼핑백을 하나씩 들고 있다. 곱상한 이목구비에 덥수룩한 갈색 머리는 희끗해지기 시작했다. 남자는 디자이너 안경 너머로 두 눈을 걱정스러운 듯 끔벅인다. "무슨 일이에요?" 나를 보더니 큰 소리로 묻는다.

눈으론 내가 손가락질하는 쪽을 좇는다.

"아, 신경증 걸린 쥐군요." 피곤하다는 듯한 말투다.

"아니면 전염병의 서곡이겠죠." 내가 말한다.

"쪼금은 더 위안이 되는 생각이 떠오르네요."

남자는 잠시 생각에 잠긴 표정을 짓고는 이내 아니라는
듯 고개를 가로젓더니 말한다.

"불쌍한 녀석. 저놈은 지금 빠져나갈 구멍을 찾고
있는데 구멍이 하나도 없는 거예요. 확실해요. 전 알 수
있어요."

고급 식재료를 다시 어깨에 짊어지고 가던 길을 가는
남자는 이제 굳이 마주할 필요가 있을까 싶은 쓸데없는
깨달음까지 덤으로 짊어진 모습이다.


*


메트로폴리탄미술관을 정처 없이 걷다 보니 어느새
이집트관에 와 있다. 휴가철을 맞은 미술관은 관광객으로
북적댄다. 나는 왜 하필이면 오늘 여길 와야 했을까?
유리 진열장마다 여자 남자 아이 할 것 없이 두 자쯤
되는 폭으로 전시품을 에워싸고 서 있고, 이들은
카세트라는 문화 캡슐을 하나씩 들고 다니며, 거기 연결된

이어폰에서는 반경 3미터까지 퍼지는 소음이 불길하게 웅웅거린다. 이 순간 나는 민주주의가 혐오스럽다.

그러나 다음 순간 인파가 갈라지고 나는 어느 작은 목각상 앞에 서 있다. 그것은 금박으로 덮여 있고 금빛 두 눈은 테두리가 검게 칠해져 있다. 미라가 된 투탕카멘의 몸에서 끄집어내 투탕카멘의 형상을 본떠 만든 이 목각상은, 작은 금관 안에 담긴 창자를 지키는 임무를 맡은 어린 여신이다(이름은 셀케트다). 눈부시게 아름다운 이 여신의 가슴과 어깨와 배는 부드러운 곡선으로 조각돼 있다. 가녀린 두 팔을 펼치고 서 있는 모습은 마치 투탕카멘이 이제 막 들어서려는 어둠을 향해 자신의 인간적인 연약함에 깃든 순수한 영혼이 왕을 위해 나설 수 있게 해달라고 간청하는 것만 같다. 이 여신상이 예기치 못하게 내 마음 깊고 깊은 곳을 흔들어놓는 바람에 주변 소음은 잦아들고 불현듯 찾아온 고요 속에서 나는 눈이 아닌 저 아래 어딘가 더 깊은 곳에서부터 왈칵 눈물이 차오르는 것을 느낀다.

그와 단둘이 있자니 어차피 소리 내어 말할 상대도 없지만 아무 말도 할 수 없는 느낌이다. 나무와 금박으로 된 이 작은 존재가 일깨운, 나를 집어삼키는 이 감정을 설명할 단어들을 내 안에서는 도무지 찾을 길이 없다.

지독한 음울함이 나를 덮쳐 온다. 그것이 깨어 있는 삶 전반에 불규칙한 규칙성을 가지고 그래왔듯, 다시금 깊숙이 묻혀 있던 지긋지긋한 언어의 감각이 내 팔과 다리와 가슴과 목구멍을 샅샅이 훑고 지나간다. 그 감각이 뇌에 가닿게 할 수만 있다면, 나 자신과의 대화가 시작될 수도 있을 텐데.

*

한밤중에 버스를 타고 9번 애비뉴 시내로 나가 57번가를 통과하는 중인데, 교통 체증(뉴욕의 교통 체증은 시도 때도 없다)으로 버스는 속도를 늦추고 때마침 화이트로즈 술집 입구에는 한 커플이 서 있다. 버스를 등지고 있어도 둘 다 마땅히 갈 곳 없이 술에 취해 비틀거리고 있다는 걸 알 수 있다. 여자의 팔을 붙잡고 있던 남자는 그가 술집 문을 열고 들어가려 손을 더듬거리자 팔을 잡아당긴다. 뿌리치지 못한 여자가 몸을 돌려 남자를 바라보는데, 입을 여는 그의 얼굴에 맞은 상처가 보인다. "대체 나한테 원하는 게 뭔데?" 남자는 대답은 않고 계속 여자를 붙들기만 하는 것 같다. 손으로 여자를 잡으려 허우적대지만 소용이 없어 보이고 남자의 뻣뻣한 목덜미에서는 절망이 느껴진다. 그것은 이렇게 말하고 있다. '뭘 원하는지는 나도 모르겠어, 어쨌든 **원해.**'

나는 혼자 생각한다. 이런 장면은 좀더 매력적이어야 한다는 거 모르겠어?

모른다. 저들은 모른다.

＊

우연히 미드타운에서 제럴드를 만났다.

"넌 날 이용했어!" 제럴드가 소리쳤다.

"이용 같은 소리하시네." 내가 맞받아쳤다.

그 자리에 선 채로 나를 바라보는 제럴드의 눈이 추억으로 아련해졌다.

"그럼 그건 다 뭐였어?" 그가 지친 얼굴로 물었다.

"있지," 내가 말했다. "어쩔 수 없는 일이었어. 그땐 그저…… 어쩌다 보니 그렇게 된 거야."

"**도대체 넌 뭐가 문젠데?**" 그가 되받아쳤다. "우리한테 왜 그렇게까지 잔인하게 군 거야? 결국 나한테 그 지독한 불만밖에 남아나질 않을 때까지 왜 그 난리 난리를 피웠냐고."

내 시선이 안으로, 관능적인 사랑에 관해서라면 늘

심장을 자욱하게 감싸고 있는 그 희부연 막으로 향하는
걸 느꼈다.

"난 남자들이랑은 뭘 못해." 내가 말했다.

"그건 또 뭔 소리야." 그가 대꾸한다.

"잘 모르겠어."

"대체 언제 잘 알게 될 건데?"

"나도 몰라."

"그럼 알게 될 때까지 넌 뭘 할 건데?"

"적어놓지."

*

외로움이라는 습관은 질기다. 레너드 말로는 외로움을
쓸모 있는 고독으로 바꿔내지 않는 이상 난 영영 엄마의
딸일 거란다. 물론 그 말도 맞기는 하다. 사람은 이상화된
타자의 부재로 인해 외롭지만, 그 쓸모 있는 고독 속에
스스로를 상상의 동반자 삼아 침묵에 생명을 불어넣고
지각 있는 존재라는 증거를 방 안 가득 채워 넣는 '내'가
있다. 이런 통찰의 기틀을 마련하는 법은 에드먼드
고스*로부터 배웠다. 그는 탁월한 회고록 『아버지와
아들Father and Son』에서 아버지의 거짓을 발견한 여덟 살

아이가 내면의 혼란에 빠져드는 과정을 묘사한다. 아이는 속으로 질문한다. 아빠라고 모든 걸 아는 게 아니라면, 아빠가 아는 건 대체 뭐지? 사람들이 하는 말이랑 그 사람이랑은 무슨 관계일까? 뭘 믿고 뭘 믿지 않을지 어떻게 결정할까? 이런 혼란의 소용돌이 속에서 아이는 문득 자기에게 말을 걸고 있단 걸 깨닫는다.

고스는 이렇게 적는다. "그 위태로운 상황에 아직 여물지도 발달하지도 못했던 내 작은 뇌로 몰려들던 온갖 생각 중에서도 가장 신기했던 건, 내가 동행해줄 이도, 비밀을 나눌 친구도 전부 내 안에서 찾아냈다는 사실이다. 이 세상엔 비밀이 있었고, 그 비밀은 내 것인 동시에 나와 같은 몸을 쓰는 누군가의 것이기도 했다. 우리 둘이 있었고 우린 서로 이야기를 나눴다. (…) 나 자신의 가슴 속에서 나를 알아주는 이를 발견한다는 건 크나큰 위안이었다."

*

---

* 영국의 시인이자 비평가로, 영미문학계에 입센, 예이츠, 조이스 등의 이름을 알리는 데 기여했고, 대표작 『아버지와 아들』은 최초의 심리 전기라는 평가를 받았다.

19세기 말, 현대 여성을 다루는 대단한 책들이 문학계 천재 남성들의 손에 의해 쓰였다. 20여 년간 토머스 하디의 『이름 없는 주드*Jude the Obscure*』, 헨리 제임스의 『여인의 초상 *The Portrait of a Lady*』, 조지 메러디스의 『교차로에 선 다이애나*Diana of the Crossways*』 등의 작품이 나왔다. 하나같이 강렬한 감동을 주는 소설들이었지만 내게 직접 말을 걸어 온 건 조지 기싱의 『짝 없는 여자들』이었다. 작품 속 인물들은 마치 내가 실제로 아는 여자들 남자들처럼 말하고 행동했다. 무엇보다, 나는 스스로를 '짝 없는' 여자들 중 한 명이라고 인식하고 있었다. 프랑스대혁명 이래 페미니스트들은 반백년 주기로 '신'여성이니 '자유로운' 여성이니 '해방된' 여성이니 하는 이름으로 불려왔지만, 기싱만큼은 제대로 알아차렸던 것이다. 우리는 '짝 없는' 여자들이었다.

소설의 배경은 1887년 런던이다. 메리 바풋은 오십대 상류층 여성으로, 젠트리 계급 여학생이 가정교사나 말동무 외에 더 폭넓은 직업을 선택할 수 있도록 교육하는 일종의 직업학교를 운영한다. 동료인 로다 넌은 서른 살로, 대단히 지적이고 음울한 느낌을 풍기는 미인인데 사랑과 결혼을 노예제에 빗대며 공공연한 경멸을 거침없이 드러낸다. 법적 결합을 옹호하는 이와 시비라도 붙으면 그는 한마디도 지지 않고 대번에 받아쳤다.

그리고 에버라드 바풋이 등장한다. 메리의 사촌인 에버라드는 똑똑하고 부유하며 강단 있는 인물인데, 그가 로다와 벌이는 지성의 신경전(이 작품의 백미라고 할 수 있다)은 꾸준하고도 상호적인 성적 자극을 불러일으킨다. 기싱은 두 사람의 이야기를 깊은 이해를 바탕으로 능숙하고도 끈기 있게 추적해간다. 그의 작품은 묻는다. 남자와 여자는 그들 자신에게, 그리고 서로에게 무엇이 되려 하는가?

로다와 에버라드는 각자 이성과의 진정한 동반자 관계에서 상대에게 헌신하는 스스로를 상상해보지만, 결국엔 그 여정에서 이보 전진했다 일보 후퇴하며 자기이해에 가닿는다. 둘의 모습은 사회 변화의 과정이 달팽이가 움직이듯 느리게 진행되는 이유를 짐작케 한다.

결혼을 하면 마땅히 동반자 관계를 추구해야 하는 거라고, 바풋의 지성은 그에게 일러준다. "그에게 결혼이란 강인한 정신을 서로 북돋우는 것이어야만 한다. (…) 여성은 다른 건 몰라도 머리가 좋아야 하고 그 지적 능력을 활용할 줄 알아야 한다. 지적 능력이야말로 그가 원하는 제1요건이었다." 그러면서도 한편으로는 우위에 서려는 욕망이 그에게 훨씬 더 강력하게 작용한다. 로다의 지성이 선사하는 쾌감을 한참 곱씹던 에버라드는 "로다와 각을 세울 때 얼마나 확실한 즐거움을 맛볼 수 있을까. (…) 그를 격분하게 만든 뒤 제압해 감각을 무력화하고, 그윽한 두 눈에 드리우는 그 긴 속눈썹을 바라보노라면 얼마나 흡족할까" 하는 생각에 한동안 빠져 있다.

로다로 말할 것 같으면, 여자는 뭐니 뭐니 해도 "합리적이고 책임감 있는 인간"이 되어야 한다는 굳은 신념을 가진 인물로, 틱틱거리며 방어적으로 자기 입장을 밝힐 때마다 감정적 무지를 드러내곤 한다. 가령 에버라드가 "어쩌면 당신은 인간의 약한 점을 너무 간과하는 것 같군요" 같은 말로 콧대 높은 엄격함을 질책하면 로다는 냉랭하게 대꾸한다. "인간의 약한 점이야말로 너무 많이 악용돼 온 변명이고, 그건 대체로 타산적인 마음에서 나오죠." 그는 바로 이런 대답에 전율을 느끼며 슬며시 미소를 짓는다. 그 미소에 질려 날이 선 로다는 쏘아붙인다. "바풋 씨, 빈정대는 능력을 갈고닦는 중이라면 상대를 잘못 고르셨네요." 하지만 그런 입씨름은 사실상 양쪽 모두를 흥분시킨다.

둘 사이의 끌림은 가장 강렬하면서도 가장 소모적인 순간 찾아오는 관능의 열병에 대한 전형적인 반작용에 뿌리를 내리고 있다. 다정함이나 연민이 결여된 그들의

끌림은 서서히 신경을 갉아먹다가 결국은 자기분열과
자기지각 속에서 스스로를 소진시킨다. 해가 바뀌고
놀라운 대화를 수없이 나누며 로다를 향한 감정이 상당히
진전되었을 무렵에도 에버라드의 마음은 아직 두 갈래로
나뉘어 있다. "사랑 따윈 안중에도 없다 로다를 사랑하게
되어 처음 구애했을 때의 감정이 아직 어느 정도는 남아
있었으므로, 그것이 무조건적인 항복이나 다름없다 해도
괜찮았다." 한편 난생처음 모든 감각이 완전히 깨어난
로다는 자신만만한 확신 속에서 얻던 위안을 급속도로
잃어가는 중이다. 에버라드에게 끌리는 마음을 숨길 수
없게 된 로다는 욕망에 굴복하게 되었다는 생각에 불안에
사로잡힌다. 그렇게 불안과 두려움이 매일을 함께하는
동반자가 된다.

   둘 사이에 아무리 많은 말이 쏟아져 나왔건, 결국
에버라드는 우위에 서려는 욕구 때문에 망하고 로다는
자기의심이라는 치욕 때문에 망한다. 에버라드는
인습적인 결혼으로 퇴각해버리고, 로다는 섹스 없는
독립을 쟁취한다. 두 사람은 한때 잠시나마 '새로운'
동맹을 맺어보겠다고 온전한 자기를 지키기 위한 난투를
기꺼이 감내하며 아주 작은 부분에서 손을 내밀어보았을
따름이다. 그러다 결국은 더 이상 그런 노력을 하지 않아도

되는 영혼의 자리로 후퇴해버렸지만.

불꽃 튀는 논쟁을 벌이고 무섭게 감정을 쏟아낼 때 보면, 로다 넌은 바풋과의 갈등이 빚어낸 결과를 전혀 제어하지 못했으리라는 짐작이 가능하다. 로다를 그토록 생생한 인물로 만들어주는 건 그가 느끼는 혼란이다. 토머스 하디의 수 브라이드헤드, 헨리 제임스의 이저벨 아처, 조지 메러디스가 그린 사교계의 다이애나* 등은 모두 굉장한 인물이기는 하지만—그리고 굳이 지적하자면 모두 혼란을 느끼는 인물이지만—나를 비롯한 우리 세대를 밋밋하다고 여기게 만드는 인물은 바로 로다 넌이다. 로다의 역량을 꽤나 인상적인 방식으로 시험했던 기싱만큼 우리 세대의 재능, 불안, 허세의 전개 과정을 정확히 포착해낸 작가는 없다. 상상해보라(나는 너무 쉽게 그려진다). 페미니스트의 빛을 본 그가 그토록 당당하게 외칠 때 그 차가운 열정 이면에 가려진 무지를. 평등 없는 사랑? 난 그딴 거 없어도 거뜬해! 아이들이랑 엄마 노릇?

* 수는 『이름 없는 주드』의 주인공으로 자기 주체성, 섹슈얼리티 해방 등 당대 여성의 모든 문제와 대결하는 인물이고, 이저벨은 『여인의 초상』에 자유롭고 독립적인 삶을 갈망하는 청년 여성으로 등장하며, 다이애나는 유아양육법 제정 등을 주장하며 여성운동을 벌인 작가 캐럴라인 노턴의 삶을 바탕으로 쓰인 소설 『사교계의 다이애나』에서 결혼과 여성의 신분이라는 굴레에 맞서 글쓰기를 통해 독립을 시도하는 여성으로 그려진다.

필요 없어! 사회적 비난? 헛소리지! 로다의 화법에 담긴 열정과, 피와 살이 있는 현실이 요구하는 바 사이에는 시험해본 적 없는 신념이라는 미지의 중간지대가 놓여 있다. 될 대로 되라지! 그렇게 화난 목소리로 외치기란— 로다는 물론이고 우리에게도—얼마나 쉽던가! 반면에 이런 반항적 단순함을 지속적으로 약화시키는 통제할 수 없는 감정의 위력을 경험한다는 건 얼마나 호된 시련인지. 실패의 순간을 향해 거침없이 나아가는 과정에서 로다는 그야말로 이론과 실제의 간극을 상징하는 인물이 된다. 우리 중 수많은 사람도 수시로 놓이게 되는 그 간극.

가끔은 그런 생각을 한다. 내가 헤매고 있는 밑바닥에서는 그 간극이 아주 깊은 골짜기처럼 패어버렸다고. 죽기 전엔 평지에 닿으리라는 희망으로 절벽을 기어오르는 순례자의 천로역정처럼 말이다.

✳

동네 어느 교회에선 무료급식소를 운영한다. 아침마다 남자들(여자들은 거기서 본 적이 없다)이 교회 입구부터 블록 끝을 지나 길모퉁이까지 돌아 길게 줄을 선다. 대부분 자립은 거의 안 되는 상태이지만—이날 아침엔

한쪽 눈이 하도 부어 거의 튀어나오다시피 한 사람과
단추가 안 잠길 정도로 꽉 끼는 비옷을 걸치고 반나체로
다니는 사람을 보았다 — 같이 수런거리며 이야기를
나누기도 하고, 신문을 돌려보고, 줄을 서 있던 이가 잠시
자리를 비우면 서로 자리를 맡아주기도 하면서 교회 문이
열리기를 진득하게 기다리며 예의주시하고 있다.

　1930년대 중반, 오빌 존이라는 기자가 캘리포니아
임피리얼밸리에서 과일 수확 노동자들의 파업을 취재했다.
파업 노동자들의 존엄에 감명을 받은 그는 "미켈란젤로가
조각할 만한 망가진 얼굴"을 한 남자들이라는 표현을 썼다.
오늘 교회 바깥에 늘어선 줄을 보자 기억 속 그 문장이
머릿속에 떠올랐다.

*

　지난밤 레너드와 저녁을 먹다 1930년대 초반
영화를 최근에 보았다고 이야기했다. 여자 주인공이
여비행사aviatrix(거기서 그렇게 불렸다)로 나오는
영화였는데, 그는 부유한 사업가와 절절한 사랑에 빠진다.
여자의 기개, 용기, 비행에 대한 열정, 그 모든 게 남자를
무장해제시킨다. 처음에 비행사는 천국에 있는 듯하다.

모든 걸 가지게 될 테니까. 하지만 결혼을 하자마자 남자는 여자에게 비행을 그만두라고 한다. 이제 자기 아내가 된 이상 위험한 일을 하기엔 너무 소중한 존재라는 것이다. 사업가에게 아내의 비행기 조종 실력은 어느 여성의 미모 같은 것, 다시 말해 괜찮은 남편감이자 보호자감을 매료시키려는 여자들끼리의 경쟁에서 주인공이 손에 쥔 유리한 패에 불과했던 것이다. 이제 그 목적을 달성했으니 더는 비행을 계속할 필요가 없었다.

심의 규정이 생기기 전에 제작된 이 영화의 각본과 연기에는 적정량의 배짱, 매력, 아픔이 담겨 있었다. 나는 레너드에게 묻는다. 해방운동으로서의 정치가 시작된 지도 어언 40년인데 어째서 우린 이 영화만 한 결과물도 못 내놓는 걸까? 지금 우리가 살아가는 모습을 이만큼 잘 다룬 대화가 담긴 영화도, 연극도, 소설도 없잖아.

"간단해," 레너드가 말한다. "갈등이 일단 공론화되면 정치는 흥하고 예술은 망해. 우리 같은 사람들은 그냥 제 자리에 서서 불끈 쥐어 치켜든 주먹, 분홍 리본, '정의'라고 새긴 타투 같은 인터넷 게시물이나 들여다보고 있게 되는 거지."

*

필하모닉 연간 후원 회원들을 위한 오찬 모임에 초대를 받은 엄마는 내게 동반 참석자 자격으로 함께 가겠느냐고 물었다. 엄마가 이 모임에 참석하는 건 우리 가족의 단골 농담거리다.

필하모닉의 금요 연주회 회원이 된 지 30돌이 됐을 때 엄마는—사회보장연금과 쥐꼬리만 한 조합연금으로 살고 있었는데—오케스트라 홍보관에게 오찬 초대를 받았다. 오랜 후원자였던 음악 애호가에 대한 감사의 표시라고 생각했지만, 알고 보니 훗날 유서를 쓸 때 필하모닉을 떠올려줄 기증자 후보로 설명을 듣게 된 것이었다. 상황을 파악한 엄마는 말했다. "아, 내 돈에 관심이 있는 거군요! 그래요, 200달러 남겨드리죠."

수천 달러 약속에 익숙한 그 홍보관은 엄마를 보며 눈을 끔벅이더니 믿을 수 없다는 듯 되물었다. "200이요?"

"알겠어요, 500달러로 하죠." 엄마는 신경이 거슬린 듯 대꾸했다.

아마도 거의 동시였던 것 같다. 두 사람이 서로 엄청난 오해를 했다는 사실을 깨닫고 요란하게 웃어젖힌 건. 당장 그 자리에서 홍보관은 엄마를 '필하모닉의 친구Friend of the Philharmonic'로 등록했고, 이후 엄마는 연간 후원 회원들을 위한 오찬 모임에 초대를 받게 됐다.

링컨센터 식당에서는 벌써 설명회가 한창이다. 바로 그 홍보관이 온갖 숫자로 가득한 칠판 앞에 서서 포인터를 손에 쥐고 그곳에 모인 청중 전체를 대상으로 설명을 하는 중이다. 작은 원탁마다 실크 드레스를 입은 여자들과 푸른 양복을 입은 남자들이 앉아 있는데, 폴리에스터 원피스를 입은 우리 엄마와 별반 다를 게 없어 보인다. 이곳에서 나이는 모두를 확실히 평등하게 만들어준다.

엄마는 빈자리를 찾아 앉은 뒤 옆자리에 나를 끌어다 앉히더니 도도한 손짓으로 치킨샐러드를 주문한다.

"돌아가시고 나면 지금 설명드리는 이런 세금 혜택을 받으실 수 있고, 더불어 기탁하신 금액을 저희 필하모닉이 받을 수 있습니다. B 안을 선택하시면 자녀분들이 이 계획 때문에 연방국세청 처리 비용으로 4만 달러 손해가 난다고 불만을 토로하실 수도 있어요. 하지만"—남자는 여기까지 말하고는 환한 미소를 지어 보이더니 말을 이어간다—"그런 불만엔 간단히 대처하실 수 있어요. 보험을 하나 드셔서 4만 달러를 자녀분들에게 따로 남기시는 거죠."

엄마는 아주 웃겨 죽겠다는 표정으로 나를 보더니 콧방귀를 뀌고는 깔깔거리며 웃는다. 홍보관이 이 유명한 오케스트라에 10만 달러를 오롯이 전달하는 방법을 설명하는 도중에 말이다. 사람들이 일제히 돌아보는데도 엄만 아랑곳없이 그저 즐거운 모양이다. 나는 이럴 땐 가만히 있는 거라고 배웠다.

엄마는 식사를 마치고 자리에서 일어나서는 서둘러 접수처 쪽에 줄을 서며 모두가 악수를 나누고 싶어하는 그 홍보관 앞을 지나친다. 그가 엄마를 보더니 손을 답삭 잡으며 다급하게 인사를 건넨다. "안녕하세요! 여사님 잘 지내셨죠?"

"제가 누군지나 알아요?" 엄마는 내숭을 떨며 묻는다.

"당연히 알지요." 쾌활한 대답이 돌아온다.

화색이 돈 엄마가 그 자리에 서 있다. 남자는 엄마가 누군지 안다. 제도를 역으로 이용해먹은 여자니까. 엄마는 돈도 없이 이런 델 와서, 이 사람들이 부당하게 챙긴 이득을 문화에 뿌려대는 모습을 예리한 눈으로 지켜보는 중이다. 그 순간이 이날 오전 최고의 명장면이자 성과였고, 뒤의 일들은 별 볼 일 없었다. 나는 한때 엄마를 페미니스트로 만들려고 무진 애를 썼지만, 이날 아침 엄마 덕분에 알게 된다. 살면서 계급을 이기는 건 아무것도 없으리라는 걸. 아무렴 어떠랴. 활력을 불어넣어준다는 결말에 있어서는, 거기서 거긴데.

*

비 내리는 평일 어느 오후에 나는 브로드웨이에서 다시 무대에 올리는 「집시Gypsy」 티켓을 한 장 산다. 인플레이션이고 뭐고, 늘 그랬듯 발코니 좌석*에 앉을 예정이다. 아무렴 어때라. 오케스트라석에서 음악이 흘러나오고 로맨스와 무관하지만 로맨틱한 그 소리— 레너드가 즐겨 쓰는 표현에 따르면, 지금껏 쓰인 적 없는 온갖 뮤지컬의 소리—를 다시 들으면 그 순간 그리움이라는 달콤한 온기에 마음이 녹아들며 흠뻑 빠져들 만반의 준비가 시작되는걸. 놀랍게도 나는 기쁨이 천천히 다가온다는 사실을 깨닫고, 쇼가 진행될수록 금단증상 같은 고통이 기쁨에 대한 기대를 잠식해가기 시작한다. 「집시」가 얼마나 거친 작품인지, 그 안에 담긴 울분은 얼마나 노골적이며, 그 격렬한 북소리는 또 얼마나 지칠 줄 모르는 것이었는지 잊고 살았던 것 같다. 가만 생각해보니 어쩌면 잊었던 게 아니라, 내가 「집시」의 관객이라고 하면 으레 떠오르는 그런 유형의 관객이 더 이상 아닌지도 모르겠다.

* 보통 높은 층에 있는 가장 저렴한 등급의 좌석.

「집시」를 처음 봤을 때 나는 이십대였고, 에설 머먼이 연기한 로즈는 사상 최악의 무대 뒤 엄마*였다. 머먼은 당대 최고의 걸출한 배우로 연기 스타일이 타의 추종을 불허했다. 그의 연기에는 아무런 명암도, 뉘앙스도, 망설임도 없었다. 무대 위에서는 마치 자연의 힘처럼 거칠고 압도적이었는데, 그 모습이 무척 좋았다. 나를 겁에 질리게 하고 또 들뜨게 만드는, 거세게 몰아붙이는 사랑이 있어서 좋았다. 충격적이고 용맹하고 거칠 것 없는 그 조악한 고집이 내는 소리, 그 순전한 동력! 나는 그게 뭔지 너무 잘 알았다. 그것과 함께 자랐으니까. 로즈가 괴물―레너드는 유대인판 헤다 가블러**라고 표현했다― 이라는 사실을 나는 알 수 있었다. 사실 누구라도 알 수 있었다. 사납고, 무지하고, 허기진 괴물. 좋아, 이거야, 잘했어. 지금 여기의 나는 이민자 게토를 사실상 벗어나지 못한 채 세상이 날 제외한 모두의 것이라는 감각 속에 살아가는 대학생이었다. 저 아래 깊숙한 내면에서부터 올라오는 에너지에 숨이 막힐 것 같다. 그것은 내 안에서

* 'stage mother'는 아역 배우의 엄마를 부르는 말로, 아이를 통해 대리 만족하려 하거나 아이를 무리하고 강압적인 방식으로 관리한다는 부정적 뉘앙스가 담겨 있다.
** 헨리크 입센의 희곡 『헤다 가블러Hedda Gabler』의 주인공으로, 해석에 따라 투사, 페미니스트, 팜파탈 등 다양하게 평가된다.

나름의 법칙을 만들며, 아나키스트에게 폭탄을 던지라고
부추길 법한 부정당한 본성의 감각을 선사한다. 그러다
「로즈의 차례Rose's Turn」가 발코니에 들려오자 그 곡을
바로 알아들은 기쁨으로 머릿속이 가득 차 터질 것만
같았다. 줄어드는 법도 없고 부당하게 여겨질 일도 없는
인식의 기쁨. 로즈는 괴물이었나? 그래서 뭐. 로즈는 나의
괴물이었다. 로즈는 저기서 나를 위해 움직이고 있었다.
몇 년 뒤에 극장에 앉아 어느 고약한 착취 영화*를 보고
있었는데, 영화 속 주인공이 시야에 들어오는 사람들을
닥치는 대로 죽여버리는 순간 주변 관객들이 일제히
"좋아! 이거지! 잘했어!" 하며 환호하는 소리가 들렸다.
그때 나는 관객들의 그 살기 어린 환희를 뼛속 깊이
이해했다. 결국엔 에설 머먼의 살육을 보며 나도 똑같은
감정을 느꼈으니까.

　유명 스트리퍼와 그의 그악스런 모친 이야기를 다룬
「집시」의 천재성은 작품의 관점에 있다. 쥘 스타인의
음악을 '두 번' 듣게 만드는 것도 바로 그 관점이다.
처음에는 「당신을 즐겁게 해줄게Let Me Entertain You」의
유치한 냉소 속에서 즐거워하다 다시 들을 땐 그 충격적인

---

* 섹스, 폭력, 마약 등 자극적인 소재를 주로 다루어 높은 흥행 수익을 노
리는 상업영화.

모욕에 움찔하게 된다.

로즈는 맹목적으로 돌진하며 자기 욕망의 속도와 힘 때문에 사람들에게서 멀어지는 동시에 그 모두를 질질 끌고 다니는 인물이다. 로즈에게는 그 누구도—자기 자신마저도—진짜가 아니지만, 작별 인사만큼은 어떤 식이든 매번 견딜 수 없는 상실로 다가온다. 후반부에 접어들면서, 헌신적이던 허비조차 결국 떠나가자 로즈는 어마어마한 혼란에 빠져 울부짖는다. "당신 질투하는 거야, 지금까지 내가 알고 지낸 다른 남자들처럼. 내 딸들이 먼저라고 말야!" 바로 그 순간 로즈는 쉿, 하고 딸 루이즈를 무대로 떠밀며 속닥인다. "저들에게 다 줄 듯 약속하면서 아무것도 안 주는 거야." 곧이어 집시 로즈 리로 분한 루이즈는 무대에 올라 만천하에 까발린다. "우리 엄마가 절 이 바닥에 들여보냈거든요. 엄마가 그러셨어요, '다 줄 듯 약속하면서 아무것도 안 주는 거야.'" 그러고는 앞에서 군침을 흘리고 있는 얼 빠진 사내들을 비웃는 듯한 표정으로 말한다. "하지만 난 다 줄 거예요. 대신 여러분은 애원해야 해요." 우리 눈앞에서 훨씬 더 엄청난 괴물이 탄생한다.

강렬한 순간이다. 우리는 이 극이 계속해서 무엇을 향해 달려왔는지 안다. 그건 바로 갈 곳 잃은 로즈의 갈망이

몰고 온 인간의 파국이다.

수십 년이 지난 지금 나는 작품에서 「로즈의 차례」가 나오는 대목에 주위를 둘러본다. 수많은 젊은이(백인만큼이나 흑인도, 젊은 여성만큼이나 남성도 많다)가 지난날 내가 짓던 표정을 하고 있다. 두 눈을 반짝이며 다물지 못한 입으로 소리를 지른다. "좋아! 이거지! 잘했어!" 그들의 표정이 변화무쌍해질수록 내 얼굴은 굳어가는 걸 느끼며 이런 생각이 절로 든다. 달리 방도가 없어, 뚫고 지나가는 수밖에.

그건 바로 아나키 유전자다. 잘못된 계급, 잘못된 피부색, 잘못된 성별로 태어난 모든 사람 안에 살아 있는 유전자이지만, 어떤 이들에게선 잠자코 있고 어떤 이들에게선 대학살을 벌이고 다닌다는 차이가 있을 뿐이다. 이 유전자에 대해 나만큼 잘 아는 사람은 없다.

미국 전역에서 사회적 울분이 막 터져 나오기 시작하고 수많은 이가 반사회적 저항의 화법과 책략을 선택하던 1970년대, 나는 폭발적이던 급진 페미니즘의 과격한 분노에 가담했다. "결혼은 제도화된 억압이다!" "사랑은 강간이다!" "적과의 동침이다!" 이제 와 돌이켜보면, 우리 1970~1980년대 페미니스트들은 원초적 아나키스트들이 돼버렸던 것이다. 우리는 개혁을 바라지 않았고 보상조차 바라지 않았다. 우리가 원한 건 제도를 무너뜨리고 사회 구조를 부수는 것이었다. 결과야 어찌되든 말이다. (현실에서 듣고 또 듣던) "애는 어쩔 거야? 가족은 또 어쩌고?" 같은 질문에 우리는 으르렁거렸다(혹은 포효했다). "그놈의 애 타령! 빌어먹을 가족 소리! 지금은 이 울분을 만방에 알려서 전부 우리처럼 느끼게 만들어줄 때라고. 나중 일은 우리가 알 바 아냐."

여기 있는 우리, 법을 잘 지키며 살던 중산층 여성들이 중재도 없는 봉기라는 절체절명의 순간에 전문 반란 세력 같은 소리를 하고 있었을 때, 현실의 우린 그저 로즈였다. 우리 차례를 요구하는.

「접시」를 보고 나오는데, 그 단어에서 타고 남은 재 같은 뒷맛만이 감돌았다.

\*

얼마 전 매디슨스퀘어파크 벤치에 앉아 있는 조니 딜런을 본 것 같았다. 물론 그럴 리가 없다, 그는 죽었으니까. 하지만 그 순간이 워낙 생생했던 까닭에, 당장 그가 내 인생에 뭔가 보여주러 왔던 걸까 하는 생각부터 들었다.

10년 전이던가 15년 전이던가, 나는 하루가 멀다 하고 그와 동네에서—그리니치애비뉴에서, 혹은 셰리든스퀘어나 5번가, 아니면 14번가 길모퉁이에서—마주치곤 했고, 우린 그때마다 바로 걸음을 멈췄다. 내가 안녕하시냐고 인사를 건네면 그는 고개를 꾸벅했고, 그럼 우리는 잠시 같은 자리에 서서 서로 미소를 지어 보이곤 했다. 그러고 나면 나는 "어떻게 지내세요?"라고 물은 뒤 조니의 목소리가 목구멍에 걸린 음절 하나하나를 단어로 뱉어낼 수 있는 음역대를 찾느라 애를 먹는 동안 가만히 기다렸다.

내게 기다리는 법을 가르쳐준 이는 바로 조니 딜런이었다. 당시 육십대였던 그는 전보다 키도 줄어들고 훨씬 더 야윈 모습이었지만, 푸른 두 눈만큼은 어쩐지 아름다운 종류의 위엄으로 빛났고 해쓱한 얼굴에는 인내를 짊어진 지혜가 서려 있었다. 이따금씩 그 인내에 갇힌 고요함이 헤아릴 수 없이 어마어마하게 보였고, 그는 우리보다 얼마나 더 외로운 사람이었을까 하는 생각이 번쩍 스치고 지나가곤 했다.

그는 뇌졸중 후유증으로 실어증이 오는 바람에 뉴욕 연극계에서 가장 인상적인 연기를 보여주었던 경력이 완전히 끊겨버렸다. 그의 활동 무대는 1980~1990년대 뉴욕 퍼블릭시어터였고, 대표작은 베케트의 독백극이었다.
비통하고도 장중한 연기, 작품의 소재를 완벽히 장악할
줄 알았던 이의 작업은 그랬다. 뇌졸중이 온 뒤로 존은
예술이―영혼과 육체에서―실제로 어떻게 빚어지는지를
몸소 읊어내는 그 단련된 의지의 행위를 통해 스스로를
죽음의 세계에서 건져 올렸다. 그러나 그의 비뚤어진
입에서 그 위대한 아일랜드 극작가의 말을 다시 듣게
되리라고는 아무도 생각지 못했다.

　조니는 1970년대에 정부 지원 예술인 주택으로 개조된
옛 벨 연구소 건물인 웨스트베스에서 여러 해 살았다. 한
블록 전체를 차지한 정방형 건물 뒤쪽으로 웨스트사이드
고속도로와 허드슨강―존이 살던 스튜디오에서는 강
풍경이 내려다보였다―을 접하고 있는 이 주택에는 화가,
무용가, 작가가 살았는데, 그중 상당수는 웨스트베스의
값싼 임대료만 아니었다면 계속 생활보조금에 의존해 살
수밖에 없었을 이들이었다.

　나는 늘 그 강변 주택들에 건물 자체에서 생겨난
기대감과 쓸쓸함이 번갈아 밀려드는 모습이 반영되어
있다고 생각했다. 어느 봄날의 토요일 밤, 열린 창밖으로
빠르게 밀려가는 강물과 불을 밝힌 채 줄지어 떠 있는
배들과 강 건너 반짝이는 높은 건물들이 보이고 문밖

복도에서는 웃음소리가 들려오는 이 건물엔 방마다 변함없는 뉴욕의 감각이 배어 있다. 그러다 다시 겨울이 오고 일요일 오후가 되면, 강은 희끄무레하게 얼어붙고 사람은 한 명도 보이지 않아 도시는 마치 한 폭의 추상화 같다. 똑같은 공간이지만, 건물은 문밖 너머 몇 킬로미터는 될 것 같은 텅 빈 복도를 타고 울려 퍼지는 듯한 압도적인 고독으로 가득 찬다.

조니가 세상을 떠나기 몇 년 전 어느 날, 그의 웨스트베스 집에서 저녁 일곱 시에 열리는 낭독회에 초대를 받았다. 대체 무슨 일이지? 하는 생각이 들었지만 어쨌든 가보았다. 집에 들어서니 스무 명 내지 서른 명쯤 되는 사람이 강 쪽을 바라보며 줄지어 놓인 접이식 의자에 앉아 있는 게 눈에 들어왔다. 양쪽 창 사이에는 나무로 된 원탁 하나와 의자 하나가 자리해 있었고 탁자 위에는 목이 구부러지는 전등과 원고 뭉치가 놓여 있었다. 나는 책이 가득 꽂힌 벽을 오른쪽에 두고 가운데 줄쯤에 자리를 잡고 앉았다.

일곱 시가 되자 조니가 앞으로 나오더니 양쪽 창 사이에 놓인 그 의자에 앉았다. 그는 두 손을 원고 뭉치 위에 올려놓고는 잠시 우리를 바라보았다. 탁자 위를 비추는 빛 웅덩이만 남겨놓고 방 전체가 어둑어둑해졌고 조니는 사뮈엘 베케트의 『무無를 위한 글 *Textes pour rien*』에 나오는 독백을 몇 군데 읽기 시작했다. 이날 그의 목소리는 ─ 평소 거리에서 들었던 것과 달리 ─ 놀라우리만치 안정적이었는데, 그러면서도 배우가 낭독하는 듯한 느낌은 전혀 없었다. 그저 속에서 나오는 그대로 말하는 사람의 목소리 같았다.

존은 나직이 읊조렸다. "갑작스럽게, 아니, 마침내, 드디어, 이제 더는 안 되겠다, 더는 못 가겠어. 누군가가 말했다, 당신은 여기 머물 수 없다고. 나는 거기 머물 수 없었고 더 갈 수도 없었다. (⋯) 어떻게 계속 갈 수 있을까. (⋯) 간단하다, 내가 더는 아무것도 할 수 없다는 것, 그건 당신의 생각이다. 나는 몸에다 대고 말한다, 이제 일어나는 거야, 그런 다음 그것이 안간힘을 쓰다 말다 또다시 써보고 결국 그만두는 걸 느낀다. 나는 머리에 말한다, 그냥 놔둬, 가만있어. 그것은 숨을 멈췄다가는 아까보다도 더 심하게 헐떡인다. (⋯) 나는 그 모든 것으로부터, 몸으로부터, 머리로부터 돌아서야만 한다, 둘이 서로 알아서 하라고 내버려두어야 한다, 그만두도록 놔둬야 한다, 그럴 순 없다, 정말이지 나야말로 그만둬야만 한다. 아 그래, 우리는 하나 이상이고, 모두 귀를 먹은 채 일평생 한데 모여 있는 것 같다."

우리 모두는 접이식 의자에 앉아 몸을 더 꼿꼿이 세웠고, 아직 몰입하지 못했던 청중들의 부산스런 움직임도 일순간 멎었다. 팽팽해진 침묵 속에서 존은 다시 대사를 이어갔지만, 힘차게 출발했던 그의 말소리는 힘을 잃어가기 시작했고 그 뒤론 내내 뒤따르던 불안정함이 다시 스멀스멀 기어들기 시작했다. 존의 목소리는 내려갔어야 하는 대목에서 올라가기 시작했고 단단하게 유지됐어야 하는 대목에선 갈라졌으며 주춤거렸어야 하는 대목에서는 달려들었다. 그럼에도 불구하고 이날 밤의 불안은 신기하게도 신경에 거슬리지 않았고 그의 낭독에 내내 마음을 빼앗겼다. 그건 존이 통제력을 잃어간다는 사실에 맞서지 않기 때문이라는 걸 나는 서서히 깨달아갔다. 마치 그런 상황이 오리라는 걸 이미 알고 있었고, 그에 맞춰 살아남을 전략을 미리 세워두기라도 한 것처럼. 그는 그것과 동행하고 그것을 타고 달릴 생각이었으며 그것이 자기를 어디에 내려놓든 사실상 그곳을 활용할 심산이었다.

"내가 여기 어어어-얼-마나 있었지?" 내가 보기엔 각본상 분명 무딘 어조여야 할 것 같은 대목에서 그는 끽끽댔고, 그 끽끽거리는 소리는 오히려 작품에 딱 들어맞았다.

"뭔-질문이-이렇지," 말하고 그는 대사를 몰아쳤다.
"한-시간-일-년-백-년, 얼마든지 될 수 있지, 내가 여기를,
나를, 있음을, 거기를 뭐라고 보느냐에 따라서 말야."
아찔해진 빠르기였다.

자꾸만 그는 미끄러져 내려갔다. 그는 자기 목소리가
어디로 가려고 하든 가게 내버려두었고, 무얼 하려고 하든
하게 내버려두었다. 그러자 베케트가 그를 받아들였다.
베케트의 말들은 춤을 추고 솟아오르고 기어다니며
이 말들이 조니의 목소리로 만들어졌어야 했다는 걸
납득시켰고, 작품의 흡인력도 그대로였다. 달려나가고
멈춰서고 빈들거리고 다시 달려나가기를 되풀이하는
동안 글은 마치 바로 이 낭독을 위해 쓰인 것처럼 들리기
시작했다.

다음 순간 벽 쪽에 앉아 있던 한 남자가 책장 쪽으로
손을 뻗어 카세트를 틀었다. 갑자기 존의 20년 전 목소리,
같은 독백을 읽는 목소리가 방 안 가득 울려 퍼졌다.
그 특유의 정돈된 활기—누가 들어도 자기를 완벽히
제어하고 있는 사람의 '베케트 연기' 소리—가 청중을
압도했다.

마흔의 존이 장중하고 비통한 어조로 읊조렸다. "나는
스스로 완전히 죽었다 생각했지, 허기로, 늙음으로,

살해로, 익사로, 그러다 아무런 이유 없이, 권태로, 마지막 숨을 거두어 내면에 새로운 삶을 불어넣는 일 만한 건 없지." 테이프 속 그의 목소리가 잠시 멎었고 우리는 그 '일시 정지'가 대본에 있는 거라는 걸 추호도 의심치 않았다. 다시 목소리가 이어졌다. "위에는 빛이, 그 요소가, 빛의 일종이 있다, 비춰보기에 충분할 만큼. 산 자들은 길을 찾는다." 다시 멎었던 목소리가 잔잔하게 읊는다. "그 비참한 빛 아래서 괴로워했다니, 이 무슨 낭패인가."

마주 본 창 사이 탁자의 빛 웅덩이 위로 존의 얼굴이 땀에 번득였다. 테이프가 멈추자 존은 숨이 막히는 듯한 소리로 속삭였다. "모두 나가버린 곳으로 돌아가서, 바로 거기서부터, 아니, 거긴 아무 데로도 이어지지 않을 테고 어딘가로 이어진 적도 없지만, 나는 절벽에서 나를 벗어던지려, 거리에서 무너져 내리려 했지, 죽을 목숨들 한가운데, 아무 데로도 이어진 적 없는 곳으로, 나는 그만뒀어. (…) 시간이 다할 때까지 여기서 침만 뚝뚝 흘리는 거야, 천 년씩 지날 때마다 중얼거리면서, 그건 내가 아니다, 그건 사실이 아니다, 그건 내가 아니다, 나는 멀리 있다. (…) 서둘러, 서두르라고, 울음이 터지기 전에."

테이프가 다시 돌아가기 시작했다.

멀쩡한 존이 말했다. "모르겠다. 나는 여기 있고, 그게 내가 아는 전부고, 그건 여전히 내가 아니고, 바로 그 사실로부터 최선의 것이 만들어져야 한다. (…) 그 모든 걸 떠나, 그 모든 걸 떠나고 싶어하기 위해서, 모르는 채로, 그게 무슨 의미인지, 그 모든 게 뭔지."

카세트가 꺼졌다.

"어디로 갈까." 탁자에서 쉰 목소리로 말하는 남자의 얼굴은 온통 땀범벅이 되어 있었다. "갈 수 있다면 나는 누구일까, 있을 수 있다면 무슨 말을 할까, 내게 목소리가 있었다면 이건, 나라고 말하는 이건 누구인가?" 그는 말을 멈췄다. "그건 내가 아니다……." 그러고는 다시 멈췄다. "그건 내가 아니다. (…) 무슨 생각이람. (…) 오직 나만 있다, 이 저녁에, 지구상에서 이곳에, 목소리가 아무 소리도 내지 않는 건 그것이 향할 이가 없기 때문이다." 멈춤. "이야기는 필요 없다, 이야기는 강요할 게 아니니까, 그저 삶, 그게 내가 한 실수다, 여러 실수 중 하나, 날 위한 이야기를 원했던 것, 삶 자체로 충분한데." 멈춤. "나는 진보하는 중이다." 멈춤. "나는 여기 있다." 멈춤. "나는 여기 머문다, 앉아서, 내가 앉아 있는 게 맞다면, 앉아 있다고 종종 느낀다, 가끔은 서 있다고, 둘 중 하나다, 아니면 누워 있거나, 또 다른 가능성이다, 누워 있다고 종종 느낀다, 셋 중 하나다, 아니면 무릎 꿇고." 멈춤.

"중요한 건 세상에 존재하는 것, 자세는 아무래도 상관없다, 지구상에 있기만 하다면. 필요한 거라곤 숨 쉬는 게 전부다." 멈춤. "그래, 여러 순간이 있지, 이 순간처럼, 있을 법한 존재로 내가 거의 복원된 듯한. 그런 뒤에는 지나간다, 모두 간다, 그리고 나는 다시 멀리 있다. (…) 나는 멀리 나를 기다린다, 내 이야기가 시작되기를."

그렇게 낭독은 끝을 향해가고, 마흔 살 존 딜런의 극적이고도 빈틈없는 목소리는 지금껏 삶 자체가 베케트의 극본 같았던 또 다른 딜런의 갈라지고 들뜬 목소리를 향해 끊임없이 달려든다.

바깥에선 검은 강물이 세차게 흘렀고, 그 너머로 늘어선 고층 건물은 하늘로 불빛을 뻗어냈으며, 문밖 복도에서는 이웃 주민 셋이 말다툼을 벌이고 있었다. 물, 빛, 복도에 퍼지는 말소리. 나무 탁자에 몸을 기대지 않은 채 구부정한 자세를 한 그 왜소하고 기진맥진한 형상 주위로 이 모든 게 무리 지어 모여든 것만 같았다. 그 형상 자체엔 여전히 눈부신 고독이 깃들어 있었다. 고통과 기쁨과 위험을 모두 초월한. 내가 줄곧 베케트를 듣고 있었다는—정말로 그를 듣고 있었다는—사실을 처음으로 깨달았다.

＊

　3월의 어느 쌀쌀하고도 청명한 아침이었다. 집필
중인 글 때문에 어느 공무원과 인터뷰를 막 끝낸 나는
시청 건너편의 한 커피숍 카운터 근처 자리에 앉아
커피와 베이글을 먹으며 방금 나눈 대화에서 기억나는
조각들을 끼적이고 있었고, 스툴 하나 건너엔 어떤
남자가 앉아 있었다. 어두운 색 바지에 트위드재킷을
걸친 그는 오십대로 보였고 내가 보기엔 중간급 공무원
같았다. 먹고 마시고 쓰기를 다 마친 뒤 일어나 떠날
채비를 하고 있으려니 그 남자가 내게 말을 걸었다.
"불쾌해하지 않으셨음 좋겠는데 말이죠, 제가 쓰시는
내용은 전혀 못 봤지만 글씨만 봐도 알 수 있는 게 몇 개
있어서, 말씀 좀 올려도 될지요." 나는 놀랐지만 말했다.
"그럼요, 말씀해보세요." 그제야 나는 이 남자를 좀더
찬찬히 보게 됐는데, 그는 커다란 터키석이 박힌 북미
원주민 장신구 같은 은반지를 끼고 가느다란 넥타이를
매고 있었다. 남자가 내 쪽으로 몸을 기울이더니 진지한
말투로 느릿느릿 말했다. "너그러운 분이시네요. 제 말은,
대체로 너그럽게 대하려고 하시는 편인데 상황이 그렇게
두지를 않는다는 거예요. 그래서 너그럽지 않을 때가

많으시죠. 그리고 자신만만하시네요. 약간 공격적인 면도 있고, 그 작은 글씨체를 보면…… 굉장히 문학적 소양이 있고, 머리도 아주 좋으시네요." 나는 그를 힐끗 쳐다본 뒤 말했다. "고마워요. 꼭 실물보다 잘 그린 초상화 같은 말씀이네요." 남자는 어쨌든 내가 불쾌해하진 않았다는 사실에 안도한 눈치였다. 그러고는 내가 물었다. "근데 제 글씨가 정말 그렇게 작은가요?" 그는 고개를 끄덕이며 네, 작아요, 글씨가 작다는 건 머리가 비상하다는 뜻이죠, 라고 되풀이했다. 그러더니 물론, 하면서 운을 떼고는 (한층 나지막한 소리로) 이것보다 훨씬 더 작게 쓰는 사람들도 있는데 그런 이들은…… 하며 덧붙이기에 내가 대신 문장을 마무리했다. "미치광이 아니면 천재죠." "맞아요," 그는 다시 조용히 말을 이었다. "보통은 대단한 천재랍니다." 나는 그 자리에 서서 침착한—어쩌면 자못 심각한 표정으로 그를 바라봤다. 그는 빙그레 웃으며 말했다. "아, 걱정 마세요, 제 글씨는 선생님 글씨 두 배는 된답니다." 그 순간 나는 제대로 웃음이 터져버렸고, 그날 종일 그 말이 머릿속을 돌아다녔다.

\*

6월의 어느 저녁이고 워싱턴 광장을 가로질러 거니는 중이다. 걷다 보니 눈앞의 허공에 실제로 보고 있는 이 광장 바로 뒤로 막에 가려진 이미지처럼 어릴 적 보았던 광장의 모습이 보인다. 50년은 족히 더 됐을 그 시절, 친구들과 나는 여름날 저녁이면 브롱크스에서 내려오거나 브루클린에서 넘어와 우리 동네와는 너무나도 달라서 마치 유럽에라도 온 기분이 들던 세상 한구석을 둘러보며 여기저기를 쏘다니곤 했다. 초창기 모습 그대로였던—길은 깨끗하고, 벤치는 새로 페인트칠이 되어 있었으며, 분수는 반짝거렸던—당시 광장은 녹음이 눈부셨다. 백 살쯤 된 나무들은 저마다 반질거리는 이파리가 무성했고 덤불이며 화단은 깔끔하게 손질돼 있었고 잔디는 녹색 벨벳 같았다. 무엇보다 광장에 있던 사람들! 그땐 다들 중산층 보헤미안이었기에, 여자들은 감각적이고 남자들은 시적이었다. 당연히 전부 백인이었다. 어린 우리의 허기진 눈에 그곳의 풍경은 문화와 계급이라는 특권을 약속하는 것이었다……. 그때 우리에겐 인종이나 성별에 대한 생각 같은 건 안중에도 없었다……. 그저 늘 광장에 가고 싶어 안달이었다. 한동안 낭만적인 갈망이 우리 모두를 휩쓸었고, 우리는 그때 그 달콤했던 여름, 저녁 광장의 아름다움에 홀려 있었다.

지금 여기, 또다시 여름날 저녁이 왔고, 나는 그 광장을
다시금 걷고 있다. 거리를 뒤로하고 얼굴엔 내가 아는 모든
것을 아로새긴 채 막에 가려진 그 오래된 추억을 똑바로
들여다본다. 추억은 더 이상 내게 아무런 힘이 없다는
걸 깨닫는다. 나는 광장을 있는 그대로 바라본다―검은
피부, 갈색 피부, 젊음. 떠돌이와 약쟁이와 엉성한 기타
연주자로 북적거리는 곳. 그리고 나는 내 자신을 있는
그대로, 도시를 있는 그대로 느낀다. 내가 지금까지 몸으로
살아낸 것은 온갖 갈등이지 환상이 아니었으며, 뉴욕도
마찬가지였다. 우리는 하나다.

*

광장 반대편에서 같은 저녁 시간 혼자 산책을 나온
레너드와 우연히 마주친다. 떠올리고 있던 일들을
이야기하기 시작하지만, 내가 열 문장쯤 쏟아내기도 전에
그는 벌써 고개를 끄덕이는 중이다. 내 얘기를 그가 거의
그대로 빨아들이듯 이해하는 건, 오래전 바로 그 여름날
저녁마다 자기도 거기에 있었기 때문이다. "우린 어쩌면
서로 같은 남자들을 건지려 애쓰는 중이었는지도 모르지."
그는 이렇게 말하곤 웃으며 덧붙인다. "근데 나도 커플이

되고 싶단 욕망에 시달리고 있었어. '정상'이 되어보라고 나 자신을 다그치며 절박하게 애를 쓰고 있었지. 그때 우리가 몇 살이었더라? 열여섯? 열일곱? 아무튼 그때도 그게 절대 불가능한 일이라는 건 알았지. 절대로."

우리는 계속 함께 걷는다. 나란히, 묵묵히, 끊임없이 형성 중인 서로의 경험을 거울처럼 비춰주는 목격자로서. 대화는 언제까지고 깊어져만 갈 것이다. 설령 우정은 그렇지 않더라도.

*

지금은 10월이다. 중순쯤의 어느 토요일 저녁에 대니얼이 르네상스 멤버들이 콘서트에 노래를 하러 온다며 배터리파크시티에 있는 윈터가든으로 나를 데려간다. 대리석 바닥, 웅장한 중앙 계단, 눈부신 가게들과 식당들이 있고 높다란 아치형 창으론 뉴욕항이 한눈에 들어오는 이 근사한 개방형 홀을 지금껏 수도 없이 가로질러 다녔다. 상업적이고도 정교한 이 키치 건물이 뉴욕의 명물이 될 줄 누가 알았겠는가? 이곳은 이제 쇼핑하고 밥 먹고 이리저리 걸으러, 하루가 멀다 하고 정오나 저녁 일고여덟 시면 열리는 무료 콘서트나 공연을 관람하러 밀려드는 사람으로 시도 때도 없이 붐빈다.

우리는 일찌감치 도착해 아치형 통창 앞에 설치된 이동식 무대 근처에 자리를 맡아두고는 이리저리 돌아다니다 샌드위치와 커피를 사서 강가에 앉는다. 저녁 공기는 보드랍고, 항구와 산책로는 줄지어 늘어선 배와 식당 테라스 조명 아래 반짝거리며, 들뜬 분위기에는 활기가 넘치고 어쩐지(근사한 말이다!) 기대감이 스며 있다. 우리가 자리로 돌아왔을 땐 이미 어둠이 내려앉은 뒤였고, 그 웅장한 홀은 모여든 사람들로 떠들썩했다. 주변을 둘러보니 놀랍게도 마치 스타디움처럼 홀 뒤쪽으로 층층이 나 있는 계단에 사람이 빼곡하다. 자리에서 뒤를 돌아본 나는 마치 신경줄이 건드려지기라도 한 듯 온몸을 훑는 전율을 느낀다. 천 명은 족히 되는 사람이 여기 모여 홀 전체를 가득 메운 채 음악에 빠져들 준비를 하고 있다.

수십 년 만에 처음으로, 루이존 스타디움의 영혼이 내 등 뒤에서 되살아난 듯한 느낌에 문득 이런 생각이 든다. 사람들이 계속 도시를 훅훅 빠져나간다는 얘기가 늘 들리지만 이것 봐, 다들 아직 여기 있다고. 그래, 물론 다들 입장이 바뀌었고, 이제 더 이상 자기가 주인공도 아니고, 도시가 바라는 형상으로 빚어지지도 않겠지. 하지만 어쨌든 당신도 나도 여기에 있다. 그리고 저 노래하는

이들도. 이곳을 기쁨으로 가득 채우려면 우리 모두가
필요하며, 도시의 죽음이 사실이든 아니든 이 도시는 아직
여기 이렇게 살아 있다.

*

내가 쓰던 글을 한 친구가 읽어보더니 커피를 마시며
이런 말을 건넨다. "거리를 너무 낭만적으로 그리고
있잖아. 뉴욕 제조업 기반이 75퍼센트는 사라진 거 몰라?"
나는 머릿속으로 내가 매일같이 인사를 주고받는 모든
여자 남자의 얼굴을 들여다보는 상상을 한다. 이봐요,
여러분, 나는 속으로 그들에게 묻는다. 방금 내 친구가 한
말 들었어요? 도시의 운명은 뻔하고, 중산층은 뉴욕을
버리고 떠났으며, 기업들은 죄다 텍사스, 저지, 타이완에
가 있다는데. 당신들도 가버렸고 다들 여길 떠난 이상
이제 다 끝났다잖아. 그런데 어떻게 아직도 다들 거리에
있는 거죠?

뉴욕은 일자리가 아니에요, 기질이죠. 그들이
그렇게 답해준다. 뉴욕에 있는 사람은 대부분 인간의
자기표현력에 대한 증거가—그것도 대량으로—필요해서
거기 있는 사람들이다. 가끔씩도 아니고 매일 필요해서.

그들에게 필요한 게 바로 그거라서. 감당할 만한 도시로 떠나버리는 사람들은 뉴욕 없이도 살 수 있는 사람들이지만, 뉴욕에 발을 붙이고 있는 사람들은 뉴욕 없인 못 사는 사람들이다.

아니면 뉴욕 없이 못 사는 건 나라고 말하는 게 더 맞을지도.

*

내게 없어선 안 되는 게 있다면, 바로 그 목소리들이다. 전 세계 도시란 도시에는 골목 돌길이며 허물어진 교회며 유적이 된 건축물마다 민중이 심겨 있다. 하나같이 몇백 년 동안 한 번도 파헤쳐진 적 없이 그저 켜켜이 포개어 올려진 것들. 뉴욕에서 나고 자란 이의 삶이라는 건 구조물이 아니라 이 목소리들—그 어떤 목소리도 다른 목소리를 밀어내지 않고 층층이 쌓인 무수한 목소리—을 다루는 고고학과도 같다.

6번 애비뉴에서 짙은 피부색의 키 작은 두 남자가 세워둔 택시에 기대서 있다. 한쪽이 말한다. "이거 봐, 아주 간단한 문제야. A는 변동비고, B는 총수입이고, C는 간접비라고. 알겠어?" 그걸 들은 사람이 도리질을 하자 남자는 고함을 지른다. "멍청하긴! 이 정도면 알아들어야지."

파크애비뉴에서는 마나님처럼 말끔히 차려입은 여자가 친구에게 이야기한다. "나 젊었을 적엔 남자들이 메인 요리 같았는데 지금은 죄다 양념 같아."

57번가에서는 소년같이 생긴 남자가 다른 남자에게 이렇게 말한다. "둘이 그 정도로 친한 친구 사이인 줄 몰랐네. 대체 그 여자가 너한테 뭘 줬길래 그렇게 그리워하나?" 그러자 다른 한쪽이 답한다. "걔가 나한테 준 게 중요한 게 아니야. 나한테서 안 가져간 게 중요한 거지."

6번 애비뉴에서 만난 택시 운전사 말처럼 누군가는 알아들어야 한다. 그리고 뒤늦게라도, 누군가는 알아듣는다.

오후 다섯 시, 한참 번잡한 시간대에 8번 애비뉴를 걷고 있다. 40번가 어디쯤이었을까, 어떤 문장에서 단어 하나를 뭘로 고칠까 궁리하느라 신호가 빨간불로 바뀌는 것을 미처 알아채지 못한다. 트럭이 달려드는 찰나, 누군가의 손이 내 팔뚝을 휘어잡는 바람에 뒤에 있던 연석 위로 나자빠진다. 그러고도 손은 나를 바로 놔주지 않는다. 나는 손 주인의 가슴팍에 바짝 끌어당겨진 상태다. 등에 닿은 심장이 마구 뛰는 게 여전히 느껴진다. 구해준 이에게 감사 인사를 하려고 몸을 돌린 나는 밝은 파랑색 눈동자에 볏짚색 머리, 불그스름한 얼굴을 한 과체중 중년 남성을 바라본다. 우리는 서로 말없이 눈을 맞춘다. 그 순간 이 남자가 무슨 생각을 하는지 나로선 영영 알 길이 없지만 그의 표정만큼은 잊히지 않는다. 나야 그저 많이 놀란 게 다지만 남자는 방금 일어난 일로 인해 어딘가 변모해버린 듯한 모습이다. 시선은 내 두 눈에 고정돼 있지만 실은 자기 내면을 들여다보고 있다는 걸 알 수 있다. 이건 내 경험이 아니라 이 사람의 경험이라는 걸 깨닫는다. 삶의 절박함을 느낀 건 이 남자다. 그걸 양손에 아직 붙잡고 있는 것이다.

두 시간 뒤 집에 돌아온 나는 식탁에서 저녁을 먹으며 창밖으로 도시를 내다본다. 오늘 내 앞을 가로질러 간 모든 사람이 불현듯 떠오른다. 그들의 목소리가 들리고 그들의 몸짓이 보이며, 나는 그들에게 생기를 불어넣어본다. 그들은 순식간에 나의 동행, 근사한 동행이 된다. 속으로 생각한다, 아는 사람과 함께하느니 오늘 밤은 차라리 당신들과 여기 있겠노라고. 뭐, 그것도 아는 사람 나름이지만 말이다. 벽에 걸린 커다란 시계, 시간과 함께 날짜까지 알려주는 그 시계를 바라본다. 레너드에게 전화를 걸 시간이다.

## 재수록 허가에 감사하며

기출간된 다음 자료의 재수록을 허가해준 분들께
감사드린다.

"날이 저물 무렵 42번가를 따라 걷고 있었다"로
시작되는 시와 "제2차 세계대전 중, 어느 날 밤" 이하의
시는 다음 책에서 인용했다. *The Poems of Charles
Reznikoff: 1918-1975* by Charles Reznikoff, edited by
Seamus Cooney. 이 시들은 David R. Godine Publisher,
Inc.의 허가로 재수록한 것이다. Copyright © 2005 by
Charles Reznikoff, edited by Seamus Cooney.

루이즈 보건이 메이 사턴에게 보낸 편지는 *What the
Woman Lived: Selected Letters of Louise Bogan 1920–1970*,

copyright 1973에서 발췌해 Louise Bogan Charitable Trust의 허가하에 재수록했다.

*The Men in My Life* by Vivian Gornick, Cambridge, Mass.: The MIT Press, 2008에 실린 「조지 기싱: 우리 시대의 신경증 환자George Gissing: A Neurotic for Our Times」도 일부 인용했음을 밝힌다.

**박경선**

서울여자대학교에서 영어영문학을 공부했으며, 이화여자대학교 통역번역대학원 한영번역학과를 졸업했다. 『악의 해부』 『레드 로자』 『거짓은 어떻게 확산되는가』 『정치적으로 올바르지 않은 페미니스트』 『우유, 피, 열』(근간) 등을 번역했다.

짝 없는 여자와 도시

1판 1쇄 2023년 1월 31일
1판 4쇄 2024년 6월 14일

지은이 비비언 고닉
옮긴이 박경선
펴낸이 강성민
편집장 이은혜
책임편집 박은아
마케팅 정민호 박치우 한민아 이민경 박진희 정유선 황승현
브랜딩 함유지 함근아 고보미 박민재 김희숙 박다솔 조다현 정승민 배진성
제작 강신은 김동욱 이순호

펴낸곳 (주)글항아리  출판등록 2009년 1월 19일 제406-2009-000002호
주소 10881 경기도 파주시 심학산로 10 3층
전자우편 bookpot@hanmail.net
전화번호 031-955-2689(마케팅) 031-941-5158(편집부)
팩스 031-941-5163

ISBN 979-11-6909-073-5 02840

잘못된 책은 구입하신 서점에서 교환해드립니다.
**기타 교환 문의** 031-955-2661, 3580

geulhangari.com